中国当代文学名家精品集

U0508064

永定河的另一边

唐朝晖 著

成都地图出版社
CHENGDU DITU CHUBANSHE

图书在版编目（CIP）数据

永定河的另一边 / 唐朝晖著 . -- 成都：成都地图
出版社有限公司，2025.4. --（中国当代文学名家精品
集）. -- ISBN 978-7-5557-2783-5

Ⅰ. I267

中国国家版本馆 CIP 数据核字第 2025YG0945 号

中国当代文学名家精品集：永定河的另一边

ZHONGGUO DANGDAI WENXUE MINGJIA JINGPIN JI: YONGDING HE DE LING YIBIAN

著　　者：唐朝晖

责任编辑：杨雪梅

封面设计：李　超

出版发行：成都地图出版社有限公司

地　　址：四川省成都市龙泉驿区建设路 2 号

邮政编码：610100

印　　刷：三河市人民印务有限公司

（如发现印装质量问题，影响阅读，请与印刷厂商联系调换）

开　　本：710mm×1000mm　1/16

印　　张：13　　　　　字　　数：200 千字

版　　次：2025 年 4 月第 1 版

印　　次：2025 年 4 月第 1 次印刷

书　　号：ISBN 978-7-5557-2783-5

定　　价：68.00 元

出版说明

  2023年春，教育部等八部门印发《全国青少年学生读书行动实施方案》。随后，122家国家语言文字推广基地共同发出"典耀中华"主题读书行动倡议。一些具有文化情怀的出版社和文化公司，立即响应，策划各种适合青少年阅读的图书，《中国当代文学名家精品集》书系应运而生。

  《中国当代文学名家精品集》书系由北京世图文轩文化发展有限公司（下称"世图文轩"）策划，由成都地图出版社出版。我非常荣幸地受邀担任主编。

  世图文轩成立于2010年，系北京市内乃至全国较有影响力的图书发行公司之一，曾获得"重合同守信用企业""诚信经营示范单位"等荣誉称号。长期以来，世图文轩和众多出版社就优质图书出版进行合作，获得了合作伙伴的一致好评。在"典耀中华"主题读书行动中，他们敏锐地抓住机遇，迅速策划主要以初、高中生为读者对象的大型书系选题，显现出他们的眼光、魄力与胸怀，以及对于文化市场的拓展理想。我相信，这样一家致力于图书策划、出版的公司，其品牌信誉是毋庸置疑的。

  为成长中的青少年读者集中呈现名家优秀作品，是一件虽然困难，却功在当代、利在未来的大好事，我能参与其中，与有荣焉。我必须以一种高度的使命感、责任感以及担当精神来做好这个书系，成就这件大好事。

令人特别感动的是，刚开始组稿时，刘成章、王宗仁、陈慧瑛、韩小蕙、王剑冰、李青松、沈念等老师就对这个书系表现出极大的支持和信任，并在第一时间提供了书稿以示鼓励。很快，几乎所有得知此书系的作家都认为这是在为作家、为"典耀中华"主题读书行动做一件好事、大事。由此，我和我的临时编辑室成员获得了极大的信心，热情也更加高涨，此后连续十个月，我们整个身心都扑在了这件事上。

一个人只要用心做事，人们是会感受到的，也会默默地予以支持。事实上也是如此。随着组稿工作的开展，我们和作家们的沟通日益频繁，我们发现，他们除了都表现出对这个书系的兴趣与认可，对当代散文创作的发展、繁荣的前景，还有一种共同的期待与信心。这对我们无疑是一种更为巨大的鼓舞与动力。

组稿虽然也费了不少周折，但总体上比想象中顺利得多。当然，非常遗憾的是，一部分作者由于手头书稿版权等原因，未能加盟到这个书系。

组稿只是我们工作的一部分，更为具体、更为烦琐的，是审稿事务，它出乎意料的繁重，也占据了我们比预想的多得多的时间和精力。偶尔，我们也有点儿想放弃了，但是，想着这是一件功德无量的事，又兀自笑笑，继续埋头苦干。在这个过程中，感谢师友们对我们工作的配合、理解、支持与信任。

静下心来，切实感受审读、编辑工作的价值和意义。

书系里，名家荟萃，佳作如林。有的，曾代表过一种新的创作范式；有的，曾开启过一种创作方向；有的，对某一题材开掘出更深更独特的思想；有的，有引领某类题材与风格的新面貌；等等。毫不夸张地说，散文多角度多样式的表达，在这个书系里应有尽有，全景式、全方位地呈现出中国散文几十年的创作成果，是当代散文创作的一个缩影。

总体上，无论是题材、创作方法，还是思想容量，此书系都呈现了散文广阔的视野，让我们感受到散文天地的无垠无际。

具体来说，以下几个特点特别明显：

一、作者队伍可谓老中青完美结合。入选作者的年龄跨度最大达半个多世纪，上有鲐背之年的高龄名将，他们文学生命之树长青，宝刀不老，象征着老一辈散文家依然苍翠的文学生命力；最年轻的三十出头，他们雏凤声高，彰显散文创作的新生力量蓬勃兴旺的景象；一大批中壮年作家，是当代散文创作领域里当之无愧的中坚基石，他们的创作正处于繁花似锦的鼎盛时期，实力毕现。

二、题材多元多样，内容丰富多彩。书系中，既有涉及上下五千年历史的洒脱智慧的历史文化散文，又有让人惊艳的初次涉猎的新颖、独特题材。有人写亲情，有人写风景。有些人写自己的童年，让我们看到其成长时代；有些人写一个城市或一条河流的前世今生；有些人写自己对故乡的记忆，从更有新意的视角表现这个时代的巨变；有些人集中了自己几十年的写作精品，让我们看到他们的创作道路上的足迹；有些人专注于一个主题，开掘深挖，独具魅力；有些人关注时代、关注身边的人和事；有些人剖析自己的内心情感……总之，反映中华传统文化、红色文化和当代自然文学精粹的作品，在此书系里比比皆是，或温暖动人，或鼓舞人心。

三、风格百花齐放，个性特点鲜明。几十部作品，有的侧重写实，有的侧重抒情，有的注重开掘思想，有的追求内容唯美，有的描写细致入微，有的叙述天马行空……表现方式千姿百态。但无论哪种风格，无论如何表达，皆个性鲜明，情感饱满，呈现出思想性、艺术性、可读性兼备的特质，读者可以从中获得不同程度的启发，感受到散文的魅力。

四、女性作者跳出了人们对"女性散文"固有的观念。书系中占有一定比例的女性作者，她们的作品虽然仍保留细腻敏感的特色，但大都呈现出大气开阔、通透有力的格局。她们温柔而现代的行文表达，对读者来说有着更为别致的情感体验和人生借鉴意义。

总之，这个书系，将是我们打造阅读品牌的开端。如果你愿意静下心来阅读，你一定会有所收获。

习近平总书记在文艺工作座谈会上讲话时指出："优秀文艺作品反映着一个国家、一个民族的文化创造能力和水平。吸引、引导、启迪人们必须有好的作品，推动中华文化走出去也必须有好的作品。"我们希望，这个书系能成为读者眼里"正能量、有感染力，能够温润心灵、启迪心智，传得开、留得下，为人民群众所喜爱"的"优秀作品"。

在此，特别感谢沈俊峰、陈晨两位搭档的通力协作，我的编辑朋友梁芳、胡玉枝的倾力相助，以及世图文轩、成都地图出版社上上下下推进此书系出版的所有领导与师友的大力支持和耐心细致的工作。他们让我感受到了团队的力量。同时，也特别感谢出版方将我和我的搭档的作品纳入此书系，我们把此举视为对我们的"嘉奖"。

上述文字，不敢称"序"，不敢称"前言"，甚至不敢称"出版说明"，仅表达此书系的缘起和一些组稿、审读的感受，也许过于肤浅，还望广大作者、读者海涵。

《中国当代文学名家精品集》主编

目录

安居·他乡

在不同的地方住下来，过着与当地人一样的生活，看着他们的故事突然开始，感受风吹过植物的声音，以旁观和在场的双重身份沉淀在他乡，静观其中的微妙变化。千年的习俗与河岸一起迎送着不息的河水，住下来，混迹于当地人的菜市场，用那里的水炒菜、做饭、煮茶，呼吸着不一样的空气。

日复一日，在曾经陌生的他乡，慢慢地会成为那里的一滴水，从早晨轻轻地滴落到晚上，缓慢而有节奏，每天无目的无理由地漫游，一点点舒缓着城市里的紧张感，像一滴墨水滴落在不同的水缸里，慢慢地洇染开来。

不同的区域就是一本不同的书，心在那里，书自会一页页打开——果实低垂，蔬菜一小块一小块地傍着田地，农民在薄暮的阳光里准备收工——我又回到了一个又一个不同的家乡。

永定河的另一边

一条没有水的河流，形象地保留着那些动听的水声。干涸的河底，沙石与粗粝的岁月共同承担，十年、二十年之后的今天，我依旧可以听到、可以看到那些因为有水而发出的声音。时间凝聚成一座座小小的沙丘，兀立在河床的各个部位，一些单体、连体沙雕再现着水的痕迹，一茬茬茂盛的野草，习惯了沙堆的相伴。

我出生在南方，在南方长大，后移栽到北京，我这株植物已经习惯了北方的灰色，习惯了那些粗枝大叶中的柔和。

我经过那条没水的河流——永定河，又因它迁徙不定，它另有一个带些巫风鬼气的名字——无定河。

永定河北边是北京，南边是河北。河两岸的风景、声音和味道属于两个不同的世界。不同，不意味着高下优劣。

河流把北京的声音推到了遥远得不真实的地步，一个密集的城池，被繁茂的植物一点点稀释在远方，好像汹涌的人流并不曾存在。

河这边是固安，长治久安的一个地方，春秋时期属燕国，东汉和唐初属幽州，燕国、幽州散发出的历史之重，安然自生。固安全境属永定河洪积、冲积平原，现辖九个乡镇，其中牛驼镇、马庄镇、柳泉镇的名字不是牛就是马，不是柳就是泉，让人不由得联想这里曾经应该是动植物的天堂。

住下来，清晰地感受河流的魅力，它在那里，没有水，但它延续着数百年、上千年的流动，即使没有水，它还是一条美丽的河。

河流，让我安然地睡在它的旁边。

静的时空里，各种细微的声音美妙、单纯如泉水，自然溢出，从时间的空洞里，绕过色泽浓淡不一的树叶，萦绕于室。

一日三两餐，没有了在北京生活时的重口味，辣的可以不吃，肉、鱼也少了，几乎餐餐纯素，或白菜一碗、油麦菜一碟、面条一碗、青椒一碗。

下午的阳光，透过院子里的藤蔓，把一朵朵硕大的花朵投影在客厅的茶室。我躺在暖和的阳光里，闭着眼睛，慢慢睡去，偶尔传来邻居停车的清晰声音——熄火、开门、关门，从后备箱里提出一个袋子，锁上车门，旁边楼道里刷卡的滴滴声，每个声音的细节被传递过来，空气里不会有一丁点杂质渗进来，破坏每一滴声音的完整性。

清扫院子里的落叶时有些不舍，完整透亮的银杏叶，单片地落在地上，或几片叠加成各种形状——露出一角，或露一个弧，像走失在童话的树洞里，树叶轻轻翻动。

小区里的清洁工都是固安人，她们工作，更多的像是在打理自己的土地，早出暮归。

我来北京后，与河北人打交道特别多。我爱着这些河北人，他们实在、不虚，可以做放心的朋友。

我在四周闲逛，进到一个苗圃里。认识了一个小伙子，他自己因为喜欢花草，就用很少的钱承包了一大片苗圃。他知道我买花草不会很多，但还是兴致浓郁地把我从山楂树群，带到大方富贵的牡丹园里，他说现在不适合移栽，成活率不高。小伙子一年四季大部分时间生活在苗圃里。他突兀地来了一句：花草树木比人好。这样的对比，让我喜欢这个小伙子，不用半个字去回答他。

　　在固安这个僻远的小区居住，最喜欢的就是夜晚，身体沉沉地、轻轻地浮在安稳的夜色中，明月临窗，树影如水墨画深浅淡淡地流动在房间里。身体感觉到灵魂的存在，眼睛看到自己的身体睡在静谧的夜晚中，梦轻盈而深沉。不同季节的晚上，会有不同的虫子发出各种细微的声音，把夜色撩拨得如苏州评弹，清清脆脆地流动着水的节奏。

　　相信无定河的水，在我哪天醒来的时候，会真实不虚地流动在永定河里。

安溪小传

"到安溪，喝茶去。"

一想到这句话，我就总会下意识地冒出另一句："清水祖师的脸，为什么是黑的？"

这两句话有必然联系吗？为什么这两个句子像对联一样黏合在我的念头里，自然地涌出。一定有某种内在的东西，被推动着。——它们自身在运动。

明心见性前，清水祖师去大静山求法于明松禅师。

师父泡了一杯茶，在禅定中等他。

清水祖师在师父那里又学了三年，而开悟得道，他没什么著作留下来，但他修桥数十座，身体力行各种善事。

我从北方到南方，经过一个岛屿，来到安溪。我能见到清水祖师吗？清水祖师的道场和圆寂之地清水岩，我能去吗？

人生第一次，一天里喝了那么多的好茶，进了那么多的好人家，每家都有不同的茶香等我们端起来。

安溪，家家户户都有一个大茶盘，只要你进了门，就会请你喝各种各样的乌龙茶。

5月22日黄昏，我们从安溪西坪镇往北，赶往尚卿乡。盘山公路的垂直高度，让人可以轻易地想象千年前，这里的路途艰险。

从一座茶山爬上另一座茶山，到处都是茶树，像一位位女神，安安静静地不理世间事，尽享自我之美。

第二天一早，群山中的一条小道，引我们下落到一个山丘旁。

热烈的水，唤醒茶叶本来的香味。茶叶展开的翅膀，在水中轻飘飘地扇动。

清的香味，浓的甘甜，在水的柔软中，我们今天去朝圣的是一个锈的年代，锈是一种美，它在那个美的年代里，独树一帜。这种锈美对于我，与美玉相得益彰。走到哪里，我都能回忆起铁的硬度，何况，在青阳铁场还可以握住千年以前的铁。

铁证，并不想说明什么，它们沉默地挤在一起，慢慢地隐进大山之中。在梦里，它们回到矿山，听着树林向上生长的喷薄之力。

泉州在宋代，矿冶业大发展，安溪青阳铁场赫赫有名。

古代著作《尸子》写道："春为青阳，夏为朱明。"青阳，一个春天般的名字，落户安溪，与铁联系在一起。

青阳铁场分布在不同的山丘里，几座大的山峰之下都有铁厂的遗址。

安溪处于闽东火山断坳带，岩浆频繁而强烈的活动，给冶铁提供了丰富的矿石。群山之中至今留存有古老的矿洞。

我们所到的下草埔，是青阳铁场的一个遗址。冶铁场北高西低，东西相夹，形成一个风口。

我们站在那里，看着千年以前的工人在忙上忙下，泥土炉子里，流动着铁的红色。在这五千多平方米的山丘上，能持续炼铁五百年，这里包含了很多冶铁业的新发明。

安溪县城西北有蓬莱山，山上有清水岩，清水岩上有清水祖师。

清水祖师，俗姓陈，名荣祖，1037 年出生，福建永春人，自幼在大云院出家，法号普足，于 1101 年在清水岩坐化。

永春，位于安溪北，两县相邻。

"清水祖师信俗"被列入国家级非物质文化遗产。在台湾，供奉清水祖师的寺庙有 200 多座。

"清水祖师的脸为什么是黑的？"

我想到的回答是，安溪的茶为什么好喝！安溪所处的纬度，安溪的阳光，空气中的水分，群山起伏的线条，植物生长的土壤，让安溪的茶好喝。

清水祖师的脸是黑的，但他内心光明，普照世间人。

人们把矿石一篓篓地背出矿洞，走在群山里。

下草埔炼出来的铁，通过最近的湖头、蓬莱渡口，顺流而下，过南安，到泉州港。

福建人与世界各地的人，商贸活动频繁。

我曾经在南太平洋漂航过四十九天，在有些与中国没有建交的岛国上，有福建人开的超市，这些超市成为唯一的商贸交易场所。

有了发达的冶铁业，数百年的发展，人们自然会想到把铁进一步深加工，形成新的产业。铁与藤就这样结合在一起，做成工艺品和生活用品。世界各地的文化，都很诚恳地被安溪人展现在自己的手艺上。

下草埔冶铁遗址博物馆正在建设中。我逐字逐句地读着上面的说明文字，青洋村村民余庄林跑过来，反复强调考古队领队北京大学教授的一句话："考古工作正在进行，这些文字和表述不够精准，有些东西待考，千万不能用于宣传。"不等我回复，余庄林又说了两遍，脸被急促的表达憋红了。

我喜欢做事认真的人。我向他保证，只参考性地学习，不拍照，不宣传。

余庄林，安溪青洋人，两个孩子的父亲，女孩读高一，男孩上初中。他说在当地，自己已经算晚婚，他的朋友三十八岁就做爷爷了。

余庄林十六岁与堂兄开大货车，开了十二年，实在太累、太惊险，他就给茶商开了两年的小车，自己一个人又开拼车干了十一年。

乡干部委托他给考古人员开车。每天七点十分，余庄林准点到村部把考古人员接到下草埔。余庄林又申请当考古队里的工人。他是 1979 年出生的，工地上数他最年轻，考古队也需要帮手，余庄林如愿以偿。

余庄林的家在下草埔遗址两公里外的青洋村。老人们说，之前的青洋是太阳的阳，不是海洋的洋。

青洋村百分之九十八的人都姓余。1037 年，余姓的祖上才来到安溪。村民的房子，建在两山相夹的一个山坳里。

青洋村家家信奉清水祖师。

村民到安溪清水岩寺的清水祖师像前诚恳地跪拜，说出自己的想法，把清水祖师那里的香灰恭请回家，长年累月地供奉祭拜。

每年正月初六，是清水祖师的诞辰。青洋村，甚至是青洋村以外的安溪人，都会在这一天祭拜清水祖师。

"清水祖师是佛教还是道教的神？"

我第一次听到余庄林的笑声，"这个我不能答复你，祖宗就是这么传下来的，不知道是道教还是佛教。"

安溪县有数十个供奉清水祖师的庙，尚卿乡就有灵显堂、龙鹫堂、回龙宫、北山殿等四座庙。

数百年以来，清水祖师信俗随着闽南人到了台湾、南洋，分炉宫庙数以千计。

二十年前，茶叶价格比较高。青洋村有很多老的茶树，新茶树也种了些。

大部分村民都是自己加工茶，商人上门收，他们摘掉茶梗，装包后卖出去。

余庄林家以前每年有四五千斤茶青卖。六斤茶青能做一斤成品茶。

但购买茶青的钱，加上人工、电、气、水等费用，每斤茶的成本要七八十元，但有些茶只能卖到四五十元一斤。由于买卖亏本，做茶的人就减少了。

青洋村五年前还有七八户人家在做茶。

后来只有三户人家了。

现在，村里没人做茶了，利润不高。

青洋村有三千八百多人，村民自己也是买茶喝。

青阳铁场位于安溪县西北部，生产时间集中在宋元时期。下草埔遗址没有发现明、清两朝的遗存物。炼铁厂往北移到了潘田冶场等地方。

为什么会移走？不是矿的问题。因为即使在当代，矿石也还在开采，现在是因为环境治理，才把矿给停了。

宋元时期的安溪，森林茂密，炼铁需要炭，需要火，导致当时的树林被大面积破坏。这应该也是铁场转移的原因之一。

安溪有一俗谚："到安溪必到清水岩，到清水岩必有所得。"

我想说："到安溪，喝茶去。"

我已到，亦已得。

姚庄田歌

我听见喜悦的人们用田歌的曲调抚慰着生活的褶皱。

我去见只有一颗牙齿的吴菊生

只有一颗牙齿的老人在唱歌，向着桥头那边的人家闲散地唱。老人说，没有牙齿唱出来的田歌才有调。他的田歌里有一条摇摇晃晃的船，有秧苗，有一池塘的鱼，有荷花。晃晃悠悠的少年从村子的那头，走到村外，就成了只有一颗牙齿的老人。

只有一颗牙齿的老人，走到哪里都唱，只要有人想听，他开口就唱。细长的声音，一会儿趴在风篷上，一会儿到了小河对面的阁楼里。欢喜的时候唱忧伤的歌，瘦小的老人，在忧伤中嘻嘻哈哈地活着。

只有一颗牙齿的老人吴菊生在田间地头唱，只有一颗牙齿的老人在桥头石狮子下的长板凳上唱，只有一颗牙齿的老人在晚会上唱。歌声落在交叉、分流的河流里，不被流水带走。

老人只要想到一件事，想到一个人，就唱出来。老人的歌调就从土地上冒出来，从植物的摇曳中生发出来，到处是急急歌的曲调声。

1970 年的一个晚上，田歌被放进一个纸盒里，悲伤汇集。老人的父亲和哥哥与平原上的所有歌者，停止了歌唱。河流、田地、湖泊上，没有了田歌。

1980 年，姚庄最高的一座桥上，吴菊生的父亲和哥哥从被河流庇护的田歌里，选择了最难的曲调——急急歌，口授吴菊生。

声音从黑夜的影子里出发，迎接田地里长出来的阳光，影子活泼起来。

急急歌，因为最难，最早被人遗忘。父亲和哥哥把吴菊生的声调一次次托举到离秧苗、船只最近的地方。

多年以前，姚庄人人会唱田歌，各种各样的调调。今天，吴菊生孤独地唱了三十年。

一颗牙齿的声音，我的心在他的声音里听到了大地与天空的握手：慈悲弯腰，月夜的寂照之声！

我站在高建中的声音外面

田歌是悲伤的，悲而向喜，伤而向乐。

我在图书馆的外面，听到高建中的声音出现在我过去的情境里，自由飞翔。

高建中的田歌，声调忽然急遽，像一个根本不在意时光存在的少年；声调忽然拉长，长到把所有的逝者一一回忆起来；声调还在拉长，没有了真正意义上的死亡，只有我们不断的经过。她的声调中没有了词语，只有曲子。

高建中从顾友珍姐妹那里学会了古典田歌，有意识地添进了其余剧种的元素。高建中每年都教学生们唱田歌，一届又一届，她想象孩子们如飞鸟，去到世界各地，偶尔开口唱田歌，浸染周围的人。

渔村里的田歌

我曾寄居在文献里的一张碎片上，从流离失所的海水上岸，听着一首歌，来到渔民村。曲子，从这条河流到另一条河。

她住在太浦河南岸，有着一百多户人家的淡水渔村。认识她，像认识一只蝴蝶，我不愿意惊吓到她。

渔村，充盈着舒缓的田歌。

她慢慢地哼出一个调，她弯腰，插秧，退向我的方向。我把秧苗抛在她的身后：落秧来，落秧来，燕子穿杨柳。

先是两句抒情的乐句，慢慢的声调。之后，半说半唱的快唱，急急往上，越唱越快，紧凑到密不透风。

落秧歌、急急歌、滴落声、小快板，田歌节奏自由散漫到同一首歌同一位歌者，都可能唱出两种味道来。她所有的曲调，都是我所喜爱的。田歌音调，不能被人抓住，只能用心迎上去，不多思，用心里的曲调才能靠近田歌。

田歌经常唱到梅花和迎春花，我把这两种花，种满了房前屋后。

博鳌小镇，海的故事

　　每天以居住地为圆点，我用不同的方式往多个方向出发。如果出门开车或坐车，不会超过半小时的路程；如果走路去目的地，来回花两个小时，或再多点时间也无碍，沿途可随时坐下来；如果骑自行车，来回四五个小时也是很舒逸的。虽然一切平缓，但激情依旧推涌着我学习的热情，每天阅读不会少于四个小时。理想如海中小岛，顽强地兀立在大海里，成为一个变化着的标点。文学的理想，是我挥之不去的执着之心，真诚就像火焰，也在时刻地烧灼着我有限的时间。

　　城市里的每片树叶都感染了喧嚣症，万千声音细碎地融在狭窄的空间里，激流旋转成水，迫切需要一场阔美的仪式来救治纷杂的内心。

　　——这次，我选择住在海南的海边。

　　春节一过，大家回到了各自的城市，海南多数地方也恢复了往日的宁静。我住在海南博鳌镇的一个绿色小区里，散步到海边，只需要五分钟。

　　每天的不同时刻，我都会去看海，风裹挟着海雾，湿漉漉的，面对大海，一个小时，两个小时。慢慢地，常规意义的大海消失了，一切纯粹到只剩两种物质：海水和天空。现实的时间在这片沙滩上一丝丝地跳跃着——念头没有了，只有海的声音。

　　水从无始处涌来，又回到无始处。早晨、中午，或者向晚，我都隐约看到一只可爱的小猛兽，乘风而来，潜伏在海浪里，金色的羽毛，铺满整个大海。风吹着天空的名字，浪花一朵朵地开在大海的肩膀上、脸部、手臂上、臀部，开在不同的地方。浪，低吼着，闷在大海的瓶子里，试图挣脱些什么……

往右边海滩走走，长长的沙滩，没有太多游人，只有三两对拍婚纱照的新人。摄影师时而趴在沙滩上，时而仰躺着，新娘时刻担心白色婚纱被冲上岸来的海水打湿。

海水复制着海水，

蓝色衍生出蓝色。

飞翔的鱼，深沉于底。

海水激荡的气势冲上沙滩，咆哮而至，像发生了什么重大的事情，上了沙滩，奔跑没有了，重要的并不重要了，海水又浅浅地退回去，等待下一名将士的疯狂。

海边有一个酒吧，叫"海的故事"。每次在海边漫步，我都会到这里坐坐。海在几十米远的地方低涌，这是离海水最近的建筑，一些用船改装的座椅和装饰，与经常来这里的一位时尚老渔民很相似，每天把自己清理干净，然后坐在海边。有人来，就听他们有一句没一句地说今天哪条船又报废了，又有一条什么游轮下水了。来的人会说，昨天，海边又死了一个人，是醉死的。老渔民一般不说话，就像这些船做的凳子。这里的老物件，都与船有关，大部分是老船的物件。这里的时间感染着每一个人。

三月的博鳌镇，我住的那个区域，大部分人都是本地居民，只有偶尔的旅行团才会到旁边的一个海鲜店来吃海鲜。

博鳌镇属琼海市，镇不大。从我的居住地到镇上最大的菜市场走路约十五分钟，如果想稍微多买点东西，我就会骑小区的自行车去菜市场。

每天早上，当地的村民把自己种的各种蔬菜、瓜果拿到市场去卖，一般十点半左右菜卖完了，大家就散了。下午三点左右，有很多不错的海鲜在市场里出售。

小镇本身就一条街，是沿海逶迤而行的"滨海大道"中的最后一段，由北往南，大道到这后就成了街，街道就成了小镇。

镇上有一家具有一定气质的酒吧——老房子酒吧。

房子不算太老，20世纪70年代初建的，但材料和样式使人联想到民国初年的老房子。原有房屋没有改动，呈现出这里一小间、那里一大间的酒吧格局，几间房子的最里面，拢成一个小院，院子里、房间里，都可以坐，里面零星地放着一些书。酒吧里收藏的都是主人喜欢的东西：酒瓶、斗笠、收音机、椰子壳、木雕，还有各式各样的符箓。海南人几乎家家厅堂前的门楣正中都贴有符箓。

酒吧里的桌子、椅子、凳子、柜子，清一色地用当地的老船木打制，木材抗风抗晒、耐潮耐磨，船体又经海水长时间浸泡，接受阳光、风啸的冲刷洗礼，用这样的木材打制的家具自然给人耳目一新的沧桑感。老船木家具都比较笨重，宽大的椅子扶手，凳面很长，一个人可以盘腿坐在上面，空间很大。这里的家具多为当地人家的平常之物，东一件、西一件地堆放，自成一种味道。

酒吧里有堵墙上挂满了一些老人的黑白照片，店里的女孩说，那是酒吧老板自己拍的，都是当地上了九十岁的老人，其中有两位是红色娘子军的队员，现在都已过百岁了。黑白照片上各种表情的都有，扑朔迷离，时间的沟壑爬满了老人们的脸，沧桑中充满了力量和可爱，有几张表情似乎属于未来世纪，诡异得简单，有的表情是从20世纪流传下来的。

酒吧只有三四名工作人员，一个女孩子是1991年出生的，与老板一样是大坡镇人。她强调大坡镇与大坡村是两个相去甚远的地方。在酒吧没有其他客人的情况下，她就经常找我说话。

她说，海南重男轻女的现象比较严重，如果一个女人没有给男人生儿子，在家庭里地位就很低。但无论男女，长孙还是很受爷爷奶奶疼爱的，她就是家里的长孙女。她家三姐弟，第三个是弟弟，是家中最看重的。三姐弟都在读书。

这女孩，大眼睛，脸略方，身材适中，散发出简单的纯朴气息，令人喜爱。

酒吧里可以上网。她的微博上，有两句话让我印象深刻：

> 心情不好的时候，就擦亮家具，心情也就会亮堂起来。
>
> 在这穷乡僻壤，才等了十天，书就到了，是个惊喜。书插图很多，其中一本是《失乐园》，以图为主，插画者为多雷。

《失乐园》是我特别珍爱的一部长诗，作者弥尔顿。在我的阅读里，此书与《神曲》《离骚》同样至尊齐名。

另外四本书，是路遥的小说。

女孩说得最多的是他们那里的"军坡节"。这个节日是为纪念冼夫人而设立的。

她告诉我，酒吧老板是个有为青年，为了理想才开了这个酒吧，不怎么赚钱，只要他们自己打理好就是。

博鳌镇没有高楼，一条街道，简简单单，干净。镇上我去的不是特别多，去也是为了购买一些日常生活用品。镇上没有大超市，但日常生活用品丰富。

每天，我都会在固定的小店里切个椰子，满满的一果壳的汁。坐在街边，喝着清香的椰汁，看着不宽的街道，不多的人和车辆，感觉小镇像一棵植物一样安静地生发着。

小镇，没有一个我认识的人。

每天，我自己做饭菜，生活突然之间变得分外简单。站桩，打一套大悲拳，拍摄小区里的各种植物，成为我一天的活动。在睡莲的水边看书，葱郁的水果和绿色植物茂盛地在每一条路上生长。我爬上果树，摘了些类似于莲雾的水果。

小区里，基本上看不到住户，每天只有三四户有人，其他近百套房都没人住，一般是春节前后，小区里才会比较热闹。

每天看到的人不是保安、清洁工人，就是物业前台的女孩们，她们中的百分之七十都是琼海人。她们知道我要骑车去潭门镇，就告诉我一个很有必要去的地方，但具体地名和店名她们谁也说不上来。她们告诉我，从潭门镇渔港往镇上的方向走约五六百米，左边的一个巷子里，有很好吃的海鲜，有没有店名她们也不清楚，巷子肯定是没名字的。她们说当地人都去那里吃海鲜，标志就是有三棵大树。

潭门镇是离博鳌镇最近的一个渔港，我骑车去了两次。按照她们的提示，我很快找到了那家小餐厅。三个人，一百二十元，上菜之前服务员与我们说，吃的海鲜随厨师搭配，不要顾客点。

海鲜直接下在一锅清水里，煮开，蘸上独特的配料，鲜味非同凡响。

花一元钱坐渡船到渔港，沿港口往外走。一位年轻渔民驾着他的小船带我们出海。

这位 1973 年出生的小伙子，家有两个小孩，小孩经常与父亲出海，他们到南沙群岛和黄岩岛捕鱼，祖祖辈辈都如此。捕鱼方式很多，其中一种就是潜海捕鱼，人潜到海底，把鱼赶到洞里，喂给它们安眠药之类的东西，然后把睡着了的鱼从洞里拖出来，鱼醒来，已经睡在船舱里了。

在港口，我们还感觉小渔船挺大的，当船到了没有任何参照物的大海上，就成了一只浮在水上的蚂蚁。浪越来越大，船顺着这个浪的坡爬上去，落在浪谷里，又爬上前面的一个浪坡，在浪的顶端会有那么几秒钟的悬空，又落下来，起起伏伏，沉沉落落，身心被这些蓝之又蓝的海水和天空洗涤得一尘不染。只有海风的声音，只有海水的味道，我与那青年人坐在船头。海平面上，不断地出现一朵朵白色的浪花，一朵朵、一簇簇。他说，船要尽量避开那些浪花。他还告诉我，潭门镇的渔船也经常碰上菲律宾和越南的渔民，他们很穷，我们就会把船里的一些吃的东西送给他们。

这位小伙子一般是清早出海捕鱼，下午回家。但也有远海捕鱼的时候，最长时要在海上作业一个月才回家。

回到渔港，他指给我看那些刚从黄岩岛等海域捕鱼归来的船。

从我住的地方往西南方向走，有一个新建的观音禅寺，我骑车去了三次。进寺院正门不远，广场上有两株三百多年的菩提树，是直接从缅甸移栽过来的。

寺院背临万泉河，河水从高大的三面观音像下流过，三条河与大海风在此浩然相遇。有一天下午，一个和尚盘腿坐在观音像的莲花座旁，阳光的阴影清凉地笼罩着他瘦瘦的身体，阳光细细碎碎地铺满了整个河面。

在海边，我这次只带了两本书，一本是胡安·鲁尔福的《佩德罗·巴拉莫》，在这里开始看这本书于我而言是幸运的。如果在北京或在老家湖南乡下，甚至是在其他城市读这本书，对于我肯定是一种灾难，会让我陷入黑色诡异的绝望中，那么狠的毒药，肯定会让我的精神暴死而厌倦。博鳌雨水充沛，植物葱郁，住的地方清雅秀丽，镇子隐藏在美丽的岛屿一角，海腥味伴随着混沌未开的涛声，在我不远的地方暗涌奔腾。在靠近赤道的海边小镇读这样一本大书，能够让我的居住地对应着小说中灰黄的村庄、幽暗的房间、干涸的大地、沉闷的死亡气息，那里到处飘荡着恶的、美的幽灵，那些委屈的生命蔓延在低矮粗壮的树枝上，低吟呼喊声，暗暗地从土堆里冒出来，惊吓着那些失控的马匹。

打开书，随意的几个文字就会轰然塌陷，光线幽暗，沙尘慢慢地升腾在大山的屋子里。我的迷茫舒展开了翅膀，低低地徘徊在那一望无际的庄园里，沉陷其中，精神也会迷恋、痛恨那些灰黄色，不想苏醒。

但只要合上书页，椰子树、莲雾等果树的各种色泽就会围拢着我，滋养我，那些绿色会唤回我惊恐的魂魄，还有鸟的鸣叫。水绕路回人依在。

《佩德罗·巴拉莫》是终结了胡安·鲁尔福所有智慧的一部作品。一个独特完整的世界铺展在他的大地之上。生死、时间、存在、道德、欲望、雇佣等人生最大的命题，他从容进入、发现、呈现，把一切的一切重新拼置。

《清晨》《那个夜晚，他掉队了》《都是因为我们穷》《你还记得吧》《北渡口》都是胡安·鲁尔福的短制作品，都是一次次没有硝烟炮声的歼击战，穿行于生死、时空、激情之间，在绝望中开花的果子，现实中的人们，从两千年的土地里站在今天的文字里，看着荒凉坚硬的土地，把人的胸膛变硬，变得寸草不生。他的疼痛，让我们听到了主人公呼吸着灵魂的惬意。

苍山洱海的诱惑

"大家都是这样做的，大家都在讨巧地说得很动人。"——每个人就当如此这般地去做。是否该拒绝些什么？是否该在适当的时候转身？

苍山、洱海，是突然降临于我生活中的———面湖水和一座纯净的山突然来到我的面前。一切没有前奏和准备，没有设想和规划。

住在古镇，位置太低，会沉迷于街角的流线，砖瓦的青灰，脚步会在人流的喧嚣中被一点点地带走，还有那些叫卖声。我竟然选择了现代化的居住方式：一间位于十九层的房子，临洱海，靠苍山。

湖水一览无余地映照着蓝天，水空空阔阔地、无休止地漫延到远方——洱海的对岸，半山腰上有人家，一大片房子，散落在湖水映照的地方。

早上，苍山被洱海的湖水唤醒。风清清凉凉地弥漫在山水之间。苍山，由南往北十九座山峰，列成苍茫的群山，山峰兀立。洱海，由南往北将近五十公里长，东西宽度近十公里，湖水丝带般展开，轻柔地伴山而动。一幅动静相生的依山带水图。我纵容自己的情绪啃食天空最低处那些最艳丽的花草，随洱海中的水草飘向苍山的方向，水柔和地沉进湖底。我的每次安居都是一次苏醒的过程，一次寻找中的获得。

不是旅游旺季，我坐在人不多的船舷处，与在海上的感觉无异。风从同一个方向不断地吹来，水浪重复水浪。

日日远观苍山，但真正意义的进入只有三次。最远最高的一次是攀爬主峰。

洱海与山相看两不厌，山不断地变化着，或严肃，或紧绷着脸，或雨雾一样地散开。上到半山腰，阳光突然消失，下起了小雨。落花、流水，山石突兀，荡涤着我的紧张生活。临高峰看洱海，才感觉到洱海的大，湖水近在咫尺，触手可达，山下一件单衣披身已是足够。而苍山之巅，虽不寒，但冷。越往上，几乎看不见人了。漫山遍野的杜鹃树，花落在树下，被雨水轻轻掩埋，有些花枯黄地萎缩在树枝上。坐下来，沉浸在枯花残叶的情境中，举目而望，山谷里，就只有我，不敢高声语，脚步轻轻，怕惊醒自己，怕跌落回尘世。

爬到海拔三千九百多米，我又坐下来，看转角处的洱海，远远地看山上的每一棵植物和每一块石头，苍山、洱海紧紧地连在一起，从高峰到湖底，土地相连。

这几天，我一直坐同一位司机老哥的车。他说，他是老北京人，在北京开了家肉铺，父亲说他杀生太多，建议他放下十多年的屠刀，不成佛，也成一个正常的人。六年前，老哥依了父亲关了店子，一个人跑了很多地方，在凤凰、丽江和大理，拍摄了几鞋盒子的照片，回家与妻子和老父亲一起研究那些照片，选择居住地。最终，他们三个人都选的大理。他在大理买了一套一百二十平方米的房子，把家安了下来。去年他的儿子结婚，回家住了四天，实在住不下去，他说："特别吵，不安静，第五天我就和老伴回了大理。"

灵山雨雾，马群走失

因为一本书，我行走在精神的大地上，那些文字构成的骨骼存在于现实生活中那些真实的地名里。书中每出现一个地名，我都要找到与之相关的资料。

我手绘了一张阅读地图，慢慢地，那些地址密集地出现在西南、湖南和海南等地，尤其在中国地图的西南角，连成一根行走的线，从一条河，到一个小镇，甚至是一个风景区的名字，地图上都有。也是那一次，我发现中国大地上至少有一百座山都叫同一个名字，都是可以去朝圣的地方，我坚信自己某一天一定会走在这条文字的线路上。我们的生活不就是一次次的朝圣吗？这一次，我去的是位于北京与河北交界之地的一座山。

上午开车从北京往西，出四环，在门头沟地区穿行，轻易地把城市抛在后面。车子在大山里环绕盘旋，海拔也在山路上不断攀升。将近黄昏才到了目的地——灵山。

这里的气温比市区低了很多，来这里游玩的人，在三天前就基本全部撤离了。大山里出奇地安静，也出奇地冷了起来。

我带了一本诗集、一本寓言，在大山里阅读，那一个个扑朔迷离的动物，总会跃出纸页，在大山里奔跑，它们没有了在城市里的惊恐。

从北京城里穿来的一件薄外套已经挡不住这里的冷，我租了件当地的军大衣，白天和晚上一直都穿着，在房间和空地上晃悠，哪怕往山上爬两三百米都穿着它。

灵山是北京的最高峰，海拔两千多米。我往灵山上走，往人迹罕至的地方爬。

石头和树木在风雾中时隐时现。转过一个小山头，一群高大的马，突然稀疏地出现在雨雾深处，雕塑般一动不动地站在那里。它们闭上眼睛倾听树林、山石的声音，它们奔跑的动作悠扬大美，扬起的石子溅在花草上，惊醒我失神的灵魂。有些时候，骏马集体站立——一动不动地站成一座座汹涌的雕像，遗落在山道旁，雨雾急急地穿过马群，一层云雾之后，又飘来一层，凝聚的寒冷落在心灵的野花里，我呢喃道："花零雾散。"

站在马群里，城市里的惊惶失措与马群一起立于雨中，路伸向山顶的空茫。我只想与这些马站在一起，它们是天堂里走失的希望。我坚信，其中一定有一匹白马曾经属于我，它们的站立是等待我的到来和迷途知返。

一匹马，迎着我走来，我站在它面前，它站在我前面。它走向路的另一边，给我让出一点路来，我走过去，它回到道上，站在马群里。

雨雾风淡，我继续往上，直达山顶，上面已经没有了树，只有一块块的石头深深地埋在土里，张望着灰色的天空。城市、街道和房屋，沉默在远方。寒冷把游人和招揽客人的当地人挡在喧嚣的后面，我得以清净地与这些石头站在山顶，守着身后隐约的马群。

在旅游旺季，这里会是什么情景？

站在灵山山顶，我不相信仙境之地就在城市的旁边。

回到山下的居住地，灵山雨雾中的马群深深地烙在我的记忆里，有如心灵得到了翅膀，马群让我身体轻盈起来——飞翔是幸福的，是安静的。我想再看一次电影《都灵之马》，灰色中的那匹马。

电影以画外音开始。1889 年，尼采为一匹遭到毒打的马而痛哭。画外音消失之后就是沉闷的、变化不大的黑白镜头。

都灵之马桀骜不驯地侧脸迎风，在沉闷的风沙中单调地行走了数分钟，镜头就一直让马慢慢地走了五分钟，还要长的镜头，不动的镜头。应和着灵山的马群——没有信念的身体是不会被激情点燃的。

都灵之马来到人间，与主人一起受苦，镜头是完全的黑色。

石头的房子、石头的井、石头的马匹、石头的尼采、空茫的灰色、年老的父亲、临近中年的女儿、都灵的天空，都在等待……他们坐在窗前一动不动，看着风，听着沙石在心灵的世界里奔跑，风卷尘埃，一坐一天，一坐一年、五十年、七十年，坐到老，坐到妻子离世，坐到女儿变老。

牵着外婆的手写女书

　　田野，把山推向四周，把房子推向山脚，留出大片空地给自己。有些房子躲在小山后面，一声不响地露出半截小路，给田野提个醒，里面还有人家。

　　何艳新老人家的门松松垮垮地关着，一把小木椅子压着门，不让鸡、狗入内。喊了几声何老师，里面才有动静，有人在屋子里，拿掉椅子，门开了。

　　又见到了老人，她感冒了好几天，没以前那么活泼，精气神浮在不稳定的状态层，好在说到任何事情，那些事情都会来到她的面前，让她说出来。

　　老人搬出长条木凳，坐到屋外。横条纹，薄外衣，紧身裤，黑白点点。她清瘦，人精神，笑中带点拘束，遇到陌生人，放松中有防备。她挽了点衣袖，坐姿随意。

　　第一次见到何艳新老人，她把自己的心封藏在人们进不到的地方。她心里安住着一个胆怯的小女孩，"她"知道有陌生人来，藏进里屋，躲在灵魂的光线中，偷偷地看着外面的陌生人，听陌生人说话。

　　何艳新老人是位随和、亲切的老人。

　　与老人聊天，机器架在房子外面那块小坪里，不断地有鸡、狗优哉游哉地出现在镜头里，还有小孩，从镜头前羞羞涩涩地走过，用茫然的眼睛看着镜头。几十年了，老人习惯了各种镜头，与老人关系亲近后，她更是无所不谈，也谈得随意而忘记镜头的存在。老人笑起来很放松，两只眼睛显得更小了，没了牙齿，笑的时候，嘴唇也向里卷。一头白发，童心爽朗。

谈到过去没有饭吃的苦日子，心情随之沉重。

何艳新老人，1939 年出生，但身份证上写的是 1940 年。

1939 年八月初一，何艳新出生在她现在的居住地：河渊村。

1943 年，她的父亲被一户有权势的人家杀害了。何艳新家里穷，天理在何艳新家，但公平和结果，自然由有权势的人家说了算。父亲被杀，他们还被抄光了家，家里稍微有点用的东西，都被搬走了。

父亲不在了，房子空了，屋里到处散发着凄凉的气息，母亲不断地哭，哭了几天，姊妹来劝，再哭，就没命了。

没了柴点火，没了锅子，没有米。

外婆知道母子生存到了绝境，就要她们回田广洞居住。母亲抱着四岁不到的何艳新，回到外婆家生活。

一晃就是十多年。

土地改革，农民开始分田地。母亲先一个人回到河渊村，分到了属于自己的那份土地。母亲一个人，在河渊村种田、种地。这位苦命的女人已经守了十多年的寡了。

十四岁以前，何艳新一直住在外婆家。

母亲改嫁具体是哪年？

时间来到老人面前，何艳新回忆着，她记不得了，根据推算和估计，可能是 1953 年。

"时间，我记不得了。我记不得时间。"

母亲再婚后，十四岁的何艳新离开田广洞，离开外婆温暖的家，回到河渊村。

回到村里，何艳新坚持一个人住，一个人生活，她不希望自己的母亲改嫁，她不想与母亲那一家人住在一起。

她，一个小女孩，十四岁，自己生火做饭。天黑了，她早早地关上门，自己爬上床，拉开被子，远远地吹灭木板上的灯，黑漆漆的，马上闭上眼睛，睡觉，让夜晚的黑包裹着自己。

何艳新独自生活了一年多，外婆、舅舅，村子里的伯伯、叔叔等亲戚都来劝她。

"你妈妈也不容易，是个受苦人，你就应了他们，与你的妈妈生活在一起吧！"

十九岁，妈妈给何艳新许了一个人家，就在河渊村。她不喜欢母亲的安排，母亲是想自己老了，没了依靠，就把自己的女儿嫁到本村养老。没人问过她本人，同意这门婚事吗？喜欢这个新郎吗？没人与她商量，她只是被告知。

她看见山上的白色小羊，被主人抱着，送给邻居家。她就是那只小羊。她用女书歌轻轻地唱出自己的苦，唱给飘过的云听，唱给阳光听。阳光温暖，黑夜来临，阳光不见了。

新郎大她一岁，高中快毕业了，想考大学，老师也不让他结婚，新郎本人也不喜欢这婚事。

一个下午，何艳新偷偷写信给准新郎，要他不要回来完婚。

结婚那天，新郎真的没有回来，照旧在学校读书。

夜里，新娘的姊妹们听长辈们在议论，明天去学校把新郎抓回来。

姊妹们把消息告诉何艳新。

一大早，抓新郎的人出发了，新娘何艳新也有了自己新的打算。接近正午，新郎低着头，白白净净地走在几兄弟的中间，前后稀稀拉拉的几个人，一个小队伍，回到河渊村。

新郎被抓回来了，新娘又不见了。何艳新天没亮，就跑到村里的一位姊妹家里，藏了起来。

第三天，何艳新从姊妹家里出来，左右无人，就闪进巷子里，像从很远的地方回来。名正言顺地回到家，见过母亲和来家里探听消息的亲戚。

这里的风俗是结婚三天后女儿回娘家，怀了孕，再回到夫家长期居住。没怀孕，就一直住娘家。逢年过节，新娘像走亲戚一样地回到夫家。

何艳新走亲戚，就走到外婆家，陪外婆过节，谁也不好说什么。新郎也不回家，他想考大学。后来考军校，因为视力不好，没被录取。第二年，他还想复读，家里父母不同意。

"我们三年各过各的，真的。不是因为性格，是决心。"

她坚决地说。

三年，他们是名义上的夫妻，他们各过各的生活，他们的生活也没有太多交集。

何艳新过了自由快乐的三年。偶尔在夫家住一天。

双方父母不知道这些事，新郎的妈妈有担心，有怨言。

"结了三年婚，也没怀上孩子。"

青年何艳新，无所惧怕。

何艳新的姊妹，还有一位知心的伯母，知道他们是假结婚，外婆也知道何艳新不同意这婚事。她们后来就悄悄劝何艳新："可怜你妈妈吧！她也不容易，你就依了她吧！"

结婚三年，退婚不现实，离婚也不行。各种压力都有，何艳新与新郎商量，最后，在第四年，他们才正式结婚。

　　何艳新生的第一个是女孩，是大姐。第二个是男孩，是大哥，排行老大，在江永，女孩是不参与排行的。接下来是二哥、三哥。老四，养到三岁，没能养活。现在在北京工作的何山枫，排行第五。后面还有一个小妹妹。何艳新共生了七个孩子，现在是六兄妹。

　　老的、少的，一家十多号人。生活的压力，一年比一年重地压在她身上。累得没日没夜，太累了，她就一个人跑过家门前的大片稻田，两边的谷穗向小道上压过来，路都快看不见了。她熟悉这条田埂，她知道哪里宽，哪里窄，哪里的地势往左斜，哪里有一个放水口，要跳过去。她跑到山这边，这里有三棵古树，村子里没人知道有多少年头。这里少有人来。她气喘吁吁地坐在树根上，旁边的杂草和树枝，完全遮挡了她，她像一只兔子，藏在茂密的树林里，没人看见，没人知道。她蹲下来，就听见了平常听不见的声音，三五只虫子在草丛里一声紧一声地说话，她听见鸟的翅膀扇动树叶的声音。光流淌在树叶上，洒落在树林里，几只无名的小虫子，从落叶底下钻出来，跟着阳光走，寻找露出地面的那丝丝生机。她总是想，从出生到现在，没有多少快乐的事情，她也知道任何快乐的事情与坏事情一样，都不会长久，都会过去，一切都会来到。可她，从成家开始，就为自己的一口饭，为女儿的一口饭，为儿子不被饿死，为老人有东西填饱肚子，只为这一口饭，她青春的气力已经用尽了。明天渺茫，就今天，也是红薯大半、不多的大米，掺和着煮在一起当饭吃，菜里的油，只能放一点点，肉，她也不知道有多久没有吃了。这才想起，再过几天，是三儿子生日，要挤点钱出来，去县城里买点肉，给孩子们尝尝了。她真不愿意去想，这么累，天天如此，竟然肚子都难填饱。女书歌谣的旋律在树林里随着一片片树叶的飘落而慢慢地飘出她的身体，随树叶在阳光里细微地摆动。是她熟悉的女书歌谣。她听着，声音又回到她身体里。她轻轻地唱起外婆最喜欢的那首《花山庙》，那么长，一句句，一声声，声音飘进树林，惊醒了所有的植物，每一个节奏，每一个字，她竟然全没忘记。她唱着，眼泪哗哗地流，歌里的生活比她更苦。她看见那些女书字，一个个，与落叶一起，铺满了整个树林。眼前，渐渐隆起一座座房子，是宫殿，她是里面最美丽的公主，里面有她最爱的人，家里所有人都在，都幸福地做着自己喜欢的事情。

阳光走了，她要回家了，大儿子站在田那边，喊妈妈。

站起来，她狠狠地又下了决心，为了有饭吃，必须继续想方设法地去挣钱。

村里很多人去挑矿赚钱。何艳新去了，给邻乡铜山岭矿挑石头，她与男人们一样，每担挑一百六十多斤，四毛钱一百斤。

"拼命地挑。"何艳新说。

那年，她是三个孩子的母亲，女孩一个，男孩两个，年龄分别是六岁、四岁、两岁。丈夫在学校教书，不在河渊村。每天凌晨三点，何艳新摸黑起床，煮熟一锅饭，放在家里，菜是没有的。谁想吃了，就在里面抓了吃。她担心孩子们掉进村里的池塘，就把他们都反锁在家里。

挑矿就是一整天，天黑，才回家洗衣、做饭。关在家里的孩子，就由六岁的大姐哄着两个弟弟吃饭、睡觉。直至今天，家里有什么体力劳动的事情，大姐也很顾着大家。

大姐嫁在道县。

何艳新老人一直住在河渊村，群山之中，一个悄无声息的角落。

因为女书，她去过很多地方，中国台湾、北京、长沙、日本。日本和中国台湾去了两次，去中国台湾是结交姊妹刘斐玟邀请的，去日本是虽然没写"结交书"但亲如姊妹的远藤织枝教授邀请的。远藤织枝是用对等的情感把握到了女书最颤抖、最细微部分的人，这样的人，当今为数不多。

平常，刘斐玟学女书，她要何艳新老人坐在旁边，她一边打字，一边让老人核对汉字与女书字翻译是否正确，有没有错。远藤织枝就不一样，她只要何艳新老人把女书字写出来，就算完工，余下的，她自己来翻译。

何艳新老人参加过不少女书活动。

"活动怎么样？有什么感觉？"

"记性不好，过了什么日子，也不知道。"

她不断强调，现在记性不好，脑筋也不好使了。

第一次去日本，是1997年。何艳新老人与女书研究者们交流女书，主讲人是何艳新。远藤织枝请老人写出具有远古风骨的女书字，大部分女书字，提前很多天的晚上，老人在家里就写好了，她也不知道自己写了多少个晚上。挑了些稍微满意的，带到日本给大家看，写得不满意的，直接撕了变废纸。何艳新，完全没有日本艺术家草间弥生一半或十分之一的自信。她总感觉自己的字写得不好，唱得也不好。

在日本，大学里的那场主讲，老人唱女书歌，是大家所期盼的。在不大的会议室，研习者端坐，老人像在阁楼中，外婆站在旁边，她唱的女书歌谣，与外婆的声音融合在一起。学者们轻微一颤，飞翔的心突然下降，真实地落在中国南方大山的阴影里。女性困苦的田地，发着芽，傻愣愣地感受冷风中丝丝滑滑的暖和劲，立春了，天气转暖。老人的每一次拖音，没有具体的文字，她们看到了风中的泪是如何隐忍地在春雨中暗自流淌，声音清晰，如果没有歌声相引，她们听不到水的流响。老人的歌声，顺时间的藤蔓，爬满墙壁，人所共有的情感，超越了这白色的墙壁，超越了语言。这些声音，即便在今天的南方，也如风，似有似无，消逝的声音隐藏在树林的幽暗里。外婆也不知道，这些歌声，是从哪个年代，哪个世纪，一些有着怎样经历的女人们唱出来的。老人的声音，因为外婆的口传身授，她把语音的历史、河流，用一墨山水，画在纸上，每一笔，都历经百年，不是她一个人的书写，是文化的河流，在汹涌着、咆哮着、流淌着。

亲爱的姊妹一直陪在老人身边，何艳新感觉与在家里差不多。在中国河渊，在日本，两位老人也是坐在一起，说话，聊天，在村子里到处转。姊妹在哪里，哪里就不会寂寞。

"因为我在那里，她给我自由。"

何艳新，是一个爱自由的老人。她们站在海边，空茫至无的海水，反反复复地冲向堤岸。

何艳新老人喜欢花，日本到处是花，每每到得花前，她会无目的地站在可以看见花的地方，心花怒放。

半个月过去，老人突然心烦意乱、心神不宁。

"睡觉，天天做梦，梦见老公死了。"她说。

与自己的丈夫在一起生活了一辈子，有关心、守护，感情是在的，她担心他。何艳新到日本的浅草寺求签，其中有一句：人事有交讹。签的大概意思是"一条鲤鱼跳上了岸"。

她着急了，老人的理解是，鲤鱼跳上了岸，没水喝，那肯定得渴死啊。

第二天，何艳新就请求姊妹远藤，让她回家。她一定要回家。原本她们想在日本到处走走看看，也让更多年轻学生近距离接触老人，感受女书。

远藤给老人买了回中国的机票。

何艳新回到河渊已是深夜。丈夫一见到她，就问她要钱，脾气比她去日本之前更大。丈夫把家里的照片全撕了，一地的照片：一角捧花的手，土布衣袖，字的斜线，墙上证书的半个字——撕碎的照片到处都是，各个时间具象地摊了一地，缺胳膊少腿地匍匐在地，或向天张望，或痛苦不堪，不知道发生了什么事情。

次日，天刚亮，长途跋涉的何艳新还在梦中，媳妇告诉她："'大'去了。"

"不会啊，昨天讲话还那么神气，还骂人！怎么会死了呢？"

说这话，她神情认真，神思固定在日本，站在庙里院子一角看签的那一刻。

何艳新丈夫何德贵，老高中生。以前是位教书先生，教了七八年，工资太低，没办法养活一家十多口人。大约是1965年，何艳新支持丈夫辞职，回农村种田，铁饭碗不要了。

何艳新对事情的回忆，都没有准确的时间。事件在，时间于她是一个圆点，很久以前、昨天、今天，甚至明天，都在这个小黑圆点里，事就是事，与时间没关系。

她与丈夫没有留下合影。

"全被老公给撕了、烧了。"何艳新说。

包括何艳新的单独照片也被烧了不少。丈夫生病前，他们没吵过架。自从丈夫得了胃癌，做了手术，又转为肝癌后，他性情大变，天天打何艳新，撕毁家里的东西。

"他像个疯子一样，有事没事都打我。"何艳新老人笑着说。

丈夫去了，痛苦也随他消失。

"病中的他，也是受罪。"

何艳新的苦日子也像到了头，她心情逐渐舒朗，厚厚的云层，一点点地被风吹走，一点点地露出阳光，照在生活的石板路上。没有男人的日子，生活比之前更苦了，她继续种四亩田，因为有五个孩子要养。

不种田，全家没得吃，老老少少十多张嘴，靠田来活。

"你们说，我能不老吗？"

老人总是感叹自己比同龄人显老。她瘦小，神气像村口的大树，磅礴茂盛，怎么看，都不像深山里的老太太。她见过世面，见过生命初始的流光溢彩，见过缤纷落叶的生命。

如果丈夫在世，她哭哭啼啼地过日子，有人来采访她，要她写女书，她是不会写的。

"写没用，越写越伤心，还是不平静。"

何艳新老人的生活，历高峰，近悬崖，达平地，一个节拍跃起，又落下。

植物，缓慢生长，昭显生命之力，颜色浓郁至流动，简朴至枯黄。

第二次，老人2月27号到的日本，3月7号回国，11号下午，日本大地震引起海啸。何艳新老人认为海啸与自己到日本有关。

"每次去日本，征兆都不好，都会发生一些不好的事情。"

以后，她就不太愿意去日本了。

新年，好朋友刘颖，日本成城大学教授，从日本来到江永，把老人接到县城，两个人在一起住了几天。刘颖希望老人今年再去日本，老人说，怕冷。

前年，去日本的手续都办好了，老人也没有去。

"我太老了。"

老人抹不掉顽固的想法——日本，每次去，都会有大事情发生。

在没有电话的年岁，几姊妹相互写信问候，何艳新用歪歪斜斜的女书字写信，远藤织枝和刘斐玟用女书字回信。一扇、一札，都是对平常时日的赞叹和想念。

老人去了两次北京。

一次是小儿子何山枫接她去住了十个月，她住得很不习惯。

"进门，把门关掉，一个人都不认识。"

农村老人们对城市的排斥，莫不如此。

长城、颐和园、故宫，北京的景点，何艳新老人都去过，烟云一般，不记得了。

之前去北京，是清华大学赵丽明教授邀请何艳新，请她去帮助翻译、整理、编撰《中国女书合集》（第五卷何艳新作品集）。2002 年底到 2003 年初，老人像位年轻的女学生，与女学生们一起住在女生宿舍里，吃学生食堂。有几位一起编辑女书的女学生，天天陪着老人，看女书、认女书字、写女书字、吃饭、睡觉。

清华大学的多位学生跟老人学女书，老人翻译了多少女书字，她们就认识多少，学生不会说江永土话，所以不会唱女书歌，不会读女书字，只认得。

2014 年，老人七十六岁，从阁楼下客厅，从水泥梯级上踩空，摔伤腰骨，躺在床上。孙女莲梅和大姐照顾她，三哥也回来了。

"人老了，不行了。"

中国台湾的姊妹刘斐玟和日本的远藤织枝转飞机，坐汽车，到村子里来看老人，看到姊妹，老人不断地流泪。一年不见，远藤织枝说何艳新真的老了，去年见，老人还有牙，现在牙全没了，头发也全白了，真显老了。

"牙齿没有了，唱歌没之前好听了，漏风。"

老人唱完，总要嘲弄一下自己。

远藤织枝与何艳新年纪差不多。

"她看上去很年轻，四十多岁的样子，脸上都没有皱纹。她喜欢爬山，叫我去爬山，可我上不去了呀。"老人说起远藤，温暖地笑着。

总会有一些人，各种各样的人，敲开老人的门，有些是政府领导带来的，有些是自己找来的——向她学女书！

老人喜欢人来学女书。白日里头，她做的梦就是在村里开一个女书班，免费教女人们学、唱、认、写女书——梦，现在还在做着，没有实现。

老人家里很破、很旧。虽如此，家里还是来过很多国家的人，日本、美国、加拿大、意大利等等，采访的、拍摄的、学习的、想念她的，什么样的人都有。也有一些莫名其妙的人。换其他人，都不愿意接待，老人不这样认为，她有自己不一样的思路。

有一个来自云南的人，自称博士——也许真是博士，也许一切都是谎话。来者二十七八岁，叫周立夏，或者叫朱离霞，普通话不准确，各种可能都有，说不准具体是哪几个字，反正就有这么一位，他是拍片的、摄影的，还是搞电影的？老人说不上来，分不清这些行业的区别。博士只说要帮老人看看风水。

他没给老人留电话，就来了河渊村一次。老人带他上了旁边平房的屋顶——来了信得过的人，她都带上去。那人看了看何艳新墓地的风水，说要"做光"，类似于开光、做法事，何艳新相信他说的——墓地，风水好。可老人不想做法事。那人接着说："您百年之后葬在那里，你儿子就会当官。"

"他说这个，我就不相信他了。"

前面的话，老人都信，好像就后面这句露馅了，老人认为不可靠。

去年晚上——具体哪个去年，不要问老人，老人会给你掐算一番，然后告诉你，不记得哪年了。

晚上，老人被一种声音惊醒，声音越来越大，侧身，又坐起来，仔细分辨，声音是从大门传来的。她开始以为是莲梅家的狗在撞门，再听，声音不对，是有人撬门。老人怕啊，坐在床上，不敢下来。黑暗中有一种恐惧在蔓延，胀满了房间，她手抓着床沿，不让身体抖得太厉害。

"谁啊，谁啊?"她喊叫。外面的人，知道家中有人，声音就没有了。

那年她去北京住了十个月，回到河渊村，家里的被子、床单全被人拿走了。老人说的拿走了，就是被偷了。

十年前，何艳新还在种田，农村就靠这个活饱肚子，她带了五个孙子。

"现在不行了，没气力了，带不动了。那时，真是苦了，生活困难，全靠种田。"

大孙子在江永一中读书，另外一个孙子在广州打工。她有四个孙子、两个孙女。

假期与老人住在一起的，有两个孩子。

小孙子穿校服，挎肩背一小竹篓，手拿长竹竿，前面绑张小网，出门，去池塘、小河里抓鱼。

老人在老村子、新村子到处走动，有时也到山下的田地里、村子的巷子里走。

鸡、鸭、狗、人，走在青石板路上。老人走在后面，上山捡一些枯了的树枝，做柴烧。要不了十分钟，就捡了一小捆，夹在胳肢窝里。下山，绿山中，老人手中的灰色枯枝随光线移动而挪动。她像一支笔，从绿色里硬生生地搬出一小捆灰色来。

年少之时，何艳新经常与外婆一起写女书字，读女书字，别人的痛苦，别人的生活经历，激荡着她奔涌的心灵。

她说得最多的是"做媳妇，不自由，要给婆婆倒洗脸水、洗脚水，做饭前要问煮多少米，煮多了、煮少了，都要挨骂，没有自由。"

男女，区别很大。女人不能坐在家里与其他男人说话。

丈夫打、婆婆骂，是常事。

她不喜欢这些。

她喜欢待在外婆身边，听外婆唱歌。外婆唱着唱着泪水流下来了。她诧异地看着，痛苦扭曲着爬上外婆的脸，阴郁、凝重。她好像懂了，什么是女人。她爱着外婆，与外婆待在房间里，她感应到了知性、善良的气息。

外婆，教会了她认女书、写女书、唱女书。

说起母亲，老人的笑，故作轻松。

"家里，我也是受妈妈压迫的，事情都是妈妈说了算。"

她们那一代的女人，是不自由的。她羡慕现在，婚姻自由，自由地出走、说话、聊天，做自己喜欢做的事情，与自己喜欢的人在一起。

她喜欢自由，十二三岁，稍微看得清世间的事情，日日夜夜地与外婆在一起，牵着外婆的手，她享受着自由的快乐。后来，一直到老，她始终刚硬地、尽可能多地保持自由。

自由地呼吸。

因为她懂女书，之前，政府给何艳新她们这批女书传人一个月补助五十元钱，后来，增加到一百元，现在每月两百元。

你与老人话别。

是第几次告别？你也忘记了，时间其实不重要了，时间，其实是一个记号。

你要走了。

一大袋土特产——粗的红薯粉，绕成一大捆。红薯是老人自己种的，粉是老人去别人家里专门打磨而成的。干竹笋，一根根扎成小捆，是莲梅在山上挖的。

"用水泡好，然后炒着吃。"莲梅叮嘱你。

作为"90 后"的莲梅会做菜。

"一半给你，一半转给山枫。"老人叮嘱你。

已经装了一大袋，老人又从楼上抱下来一大捆。

离开老人，你回到北京。

整理资料。各种问题像调皮的小孩，左蹦右跳，跳出老村子，站在巷子口，看着你手中的机器，不让你过去。

老人在影像里唱了一句歌谣，旋律很熟悉，你却不知道是什么意思。你把这些问题写在一张纸上，下次见到老人，你再一个问题一个问题地请教她。

老人盯着你，回答那些于她根本不是问题的问题。有时候，老人会直接拿过纸来，自己看问题，自己回答你。

每次，老人都会翻出一些过去的照片。看到自己五十多岁时的照片，笑得像个孩子。八十岁的她，在照片外面，看着里面笑的人。

阳光里的成分与村子一样

整个村庄就是一个美好的秘密，暗暗地深藏在群岭的山坳里，即使路过这里，村庄的秘密也不会被发现。

秘密有光阴的庇佑，暗合空间的美学：藏而不屈，伪装而不落幕。

经过无数条大路，七弯八拐，转上一条小路，九十度的弯不断出现，有些路，很难被发现。

村子四周，左一层岭，右一座峰，山之外，还是山。古老的故事，都会说，很久很久以前，在山的那边……

山的那边，还是层叠的山，让进村子里的人，不想再走出村子，这才有了江永千家峒的传说。

自然村寨，坐落于群岭山水间，与植物为友，与山为伴，与水相依。村庄，浮在明月的夜里，浅淡地说一些上古的话，说一些忧天的事情。如远房亲戚那里的某座山上的一种石头，被命了一个名字，然后，就一点点，被车拉走了；有些山，变成了坑。还会谈到，一些山上，又长出了很多它们都快忘记了的植物，数了数，也没数清楚；白鹭飞回来了；各种各样的鸟飞回来了；远处的池塘里，有一种鸟，大家都没见过……一个个瞌睡虫爬了上来，要睡了，最后还有一位心宽的说，挖山的队伍，离这儿远得去了，我们这一辈，没人能够挖到这里来。

夏天的焦躁烈日，村庄低伏于群山的留白处，藏在山脚。群山连绵环抱，更加突出这一大块空地的空。空出的土地上长满了田地、老房子、新楼房。道路从新村子穿插而过。老村子，远远地躲开。

河渊村正前方的山，叫面前山，就是村子前面的山。村民为了说出来好听，顺音顺调，说话时，把一些不顺调的字前后调整次序。现在建有手机信号发射塔的那座山，叫鸡公山，河渊村把公鸡叫鸡公，把母鸡叫鸡母。何艳新老人说，不然说出来别扭，不好听，不上口。在书写女书时，有些字词调整了词序，写女书字是为了吟唱、诵读出来，给姊妹们听，音调语音不顺，读起来别扭。

河渊村村口，有坛庙的那座山，叫坛屋山。

最远最高的岭，建了发射塔的山，名铜山岭，大家习惯简单直呼其为岭，说到岭上去，就是去铜山岭。

河渊村左前方的山，叫红花脸、牛转弯山。

新修的马路两边，建了无数栋新楼，无审美可言。传统的大美，细微处的各种考究，结构、造型、舒适度的整体考量，都被取消，不在建房考虑之列，各种人性化的功能，没了容身之所。新房子只是高大、宽敞，有钱的样子。新房子的另一个功效是，它们不自觉地为身后的老房子竖起迷障。

新文明兴高采烈地生长，其色其焰，看似炫丽夺目，实则伤其神，败其气。此刻，没人去体会老村子的心情。深夜，梦魇中，内心虚叹，为古老的消逝，为踪迹全无，而长叹息——唉……

即便你经过村庄主干道，经过大片楼房，出村后，也不会发现村后的老村子。就在新楼房的后面，从某个角切进去，角落的主角——小道会带路，转弯，不宽，两边长满了植物，绕过田地，再拐到几栋新房子后面，平房的旁边，一扇古老的发亮的石头门，就是老村子的入口。

石头、门楼、门槛——带着整个村子，静静地生活在这里，让新来者惊叹不已。村子，隐藏之深，老村子的完整，震撼两字难以括之。

一扇石门，一个角，一堵墙，一条长廊，悠长地把你引向老村子的里面，探访从你的认知里消失了的声音。

下午，阳光照着房子的角，木门里面，岁月积满了尘埃，石磴沉沉地陷进泥土里，忧郁的神情，如飞鸟落上屋顶静默守候，秘密的睡莲在清晨的水面微睁双眼。

往里走，一点点打苞开花，淡淡的女儿香，惊醒你内心的温柔。

小心翼翼地走在村子里，不想发出任何多余的声响。青砖、灰瓦，高墙、深巷，石板、木房，挽留了时间，改变了时间的形态：不再流逝，不是从远方来的客人，不会再回到远方去，不再是水。时间是花——花开花谢，花谢花开，村子里的时间，轻轻滴响。

阳光，是村子里最活泼的神。

日日年年，来了又去，去了又来。

每天，它都会到村子里走上一遭，熟悉了各自的脾气。即便是躲在角落里的石头，阳光也经常去磨蹭它肥肥的后腰，说几句玩笑话。阳光暖暖地照着那两位即将离开的老人，没有哀伤，只有温暖。

阳光落在村子上空，从东边照过来，把屋檐的角起起伏伏地画在石板路上，有棱有缺，有深有浅。房屋有选择地让一些阳光落下屋顶，墙上有艳丽的黄色，形成各种锯齿、直线、三角形、长方形、方块状，与房屋一起画出各种图案，招人喜爱。孩子们站在阴凉处，一只脚伸进阳光里，狗在石板上向天躺着，以为孩子在逗它玩。

阳光借道，爬满天井旁的整块石头。

尘埃不见。

阳光从这一堵墙流淌到另一堵墙上。

阳光照不见的地方——阴面，时间不温不火地守着石头的纹路、青砖的肌理，温温和和地流淌在时空的表面，有些不小心滴进砖缝里。

阳光流过，听墙说话。听大块石板说，这一户人家娶媳妇，那一户人家嫁女的事情。墙稳稳地听着，它的责任、担当较重，有棱有角，有平有缝。

阳光与一些刚刚冒出来的植物，打闹几下。阳光里的成分与村子一样，阳光里也有老人、孩子、青年、草、鲜花、蔬菜、石头和尘埃。每一个体暗合生命的契机和宇宙的运行规律。

向晚，阳光要回去的时候，把屋顶浮出村子，走到近处，把黑夜从山林里喊下来，蔓延，淹没整个村子，保管好所有的秘密，像什么事情都没有发生过。

狗在阴凉处，吐出长长的舌头。

巷子里，隔不了几步，就有一些断了、残了的条石散落在路边角落里，如枯黄的花瓣，落下，印在地上。

村庄每一个细微的部位都是生命的光点。

停下来，仔细端详，远远地，看见村中老屋的封火墙，高大的线条，其美，如塔、如月。线条之美，从中间的制高点，两根线，分两边流泻，落下，弧线美得深沉。注目，久久凝视，浮在村庄上的这些线条，让人爱，泪水悄悄地滴落。

斜角度的墙，散发出各种不一样的眼神，一个角，一个面，构出各不一样的气息，灰色暗淡中曾经拥有的朝气是其中一种。

墙和石头，不会吵闹，它们安静地说话。

上面是天空。

青砖隔三岔五地伸出一堵山墙来，与冒出来的小草打声无足轻重的招呼，更多的墙，相互掩藏，像人们牵着手密集站立。

翘檐，是河渊村古建筑最不安分的元素，上扬，又回首低眉，欲飞，却已展翅。

瓦，深灰色，深到黑，翘起来的飞檐托着瓦，把成片的老房子往上拉，紧紧地挨在一起，展翅欲飞，或收翅欲停。现在，像群惊弓之鸟，胆战心惊，紧贴在一起，相互取暖，老了，飞不动了，贴得如此松散而无力。曾经，不是这样。

倒立的板车，轮子被一个男人取下来，不能再用了，废了，男人叹一口气，想起那天晚上的酒，发了发呆，站着一动不动，想说一句什么话，突然感觉说出来没有任何意义，便不说了。

她从一堵墙里走出来，宽而长的石板路，端着脸盆去外边的池塘洗菜，路过邻居家，坐在门口，拉拉家常。她去菜地里拔草，给田里的禾苗放了点水。

时间在这里不会流逝，只要等上些时日，时间会重新流回来。

哭嫁的妈妈，丢在长凳下的手帕，烧掉的折扇，都会回来。老人站起来，提脚，跨过高高的门槛，说，房子老了，老了，不中用了。她在说自己的脚。

老人在窄巷子里往前走，前面看不到路了，到了跟前，挡住去路的墙，急急左转，又从容右转。它摊开双手，都是路，往左往右，都行。

在老村子里随意走走，不时传来电视机里的广告声、哭笑声、新闻报道声，老房子多了这些响动。它们把时间放在 2015 年。

老屋外面，停了摩托车、自行车，还有拉稻谷的板车。

山风吹响，石头落水，声音清脆。

每个村子里的水，都有秘密和传说，各不一样。

　　石头巷、小河、池塘的线条构成了物质的村庄，空间宏大。时间，由一个个点，构成一个个大大的圆。在这里做梦，梦都是圆的，有些似乎只在梦中出现，有些梦里的事情，在现实中，很久以后才去做，与梦里一样的结果，没人会违背梦的意图。梦醒来，是下午，你看到她坐在门墩的青石板上，摸着石鼓，黑得发亮，那是从梦里伸出来的一双手，你打开门，把手插进裤兜里。

　　随便走进哪户人家，窗户上都雕花刻鸟，屋里的横梁上，暗处，隐藏着一条条木刻的鲤鱼，有些叫不出名字的小兽，盯着你看，它也在回忆，好像在哪里见过，好像有过交流，想不起来了，它就问你：你想起我了吗？

　　村子里有专人打扫卫生，村庄就是一个大家族，一个家。整个村子共用一个大厅，每户人家相当于一个个房间，几个房间构成一个小家，无数小家构成一大家子。

　　"大村子很干净，不像现在老了，太脏了……"

　　"没人住，当然就没人管。"

　　"门头没了，大门垮了。"

　　墙倒了以后，就有后人来拆房子，住在这里的老人，一个个也倒了。

　　屋顶上到处长满了草，长了又枯，黄了又死，又长。

　　巷子里到处长满了草，村子里长满了草，人不多了，少有人走。

　　有些巷子，草实在太深了，又有些墙倒了、塌了，她走了两次，都没能跨过去，植物太深太密，早去二十年，这里哪会有一根草啊。站在外面，她踮起脚，看不见里面，里面还是草。

　　村子，像位花甲老人，今天的花甲，其实还很年轻。如果有人想修整这些房子，它们会一跃而起，往前冲，像水，又回到村子里，重新焕发新的生机。

如果，弃老人于荒野，只会加速其死亡。

有人在吟唱，消逝的声音，消失的人。

——声音是不会消逝的，它只是远离了发声体，去到声音的领地，回到它们的家中，就像孩子长大了，回家来看看，然后，离开。

老房间，老屋子，集中在一起，被一次性遗弃。有具体的年月出来做证。老人们习惯了，不再去想是哪年哪月的事情，想清楚了，结果还是一样，不如不想，不如坐在屋子里，生火做饭，喝一大瓷缸浓浓的自己揉制、炒制的烟熏茶。

荒凉种进了老人的心里，她受不了。

现在，村民建了新房子，不再理会这些老房子，没人理会的房子，就会自绝。要不了多久，新房子后面的老房子，会在一夜间商量好，一起倒地而亡，支撑不住了，红砖砸在石板上，石头光光滑滑地忍受着，看着身边的朋友，死在自己的怀里。有些条石挪出一个位置，空出伤口来，把土展现给阳光看。

没人再修建这种结构的房子，这样的砖也烧不出来了，成本太高，现在的砖都烧不到这样的温度。

"河渊算一个不错的村庄，很漂亮的。"

老村子建筑群最外面的房子，这里被拆了一个角，那里被整栋新房子挤垮，新楼房一点点地向老村落里面逼近。

一部分房子遭弃，黑乎乎的，砖也风化得厉害，墙壁穿孔，一个个洞，从里向外张望，像只兽。老房子，全黑了。黑砖，黑墙，黑的路，黑了的屋顶，黑的角落。

到处是角落。

现在，老房子里大部分还住着人，老人和孩子。老人照顾孩子们吃喝拉撒，孩子们在村子里奔跑，击起层层生机，一次次唤醒昏睡中的老者。老人的风筝，在空中飞了多少年，已不重要，孩子成了那放风筝的人。如果没了孩子，老人也许早就飞离了这个地方。

何艳新老人爬上邻居家的屋顶，全村房屋，老的、新的，死了的、活着的，没有成形的房子，尽收眼底。远处，村子前是新建的楼房，单独的，一栋一栋，像老房子的子孙，一个个离开，独立门户。

新房子与新一代人一样，住在村子外面。

老村子的屋顶清一色的灰，偶有一些其他颜色点缀进来。那是三两户人家的整个屋顶爬满了藤蔓，像草地一样的屋顶，嫩黄的枝叶，厚厚地铺满屋顶。

在几座老房子围拢的中间，冒出一棵树来，顶满了绿色的藤，在众多青瓦中，尤为突出。两种生机，一种绿得张扬，寻找外面的机会，而房子的灰，没有了私欲，只有向内沉沉地让自己舒坦。两种颜色，在一种区域里相互适应。

灰色建筑群中，老院墙的间隙里，爬满各种层次的绿，一朝一夕之绿，着色于百年灰色之上。

一个个向上走的屋顶，停在一个点的维度上，又从另一个方向滑下来。每个屋顶莫不如此：一个制高点，分成两根向下滑的线，构成一个三角形。有些三角形的墙，粉白、砖青。有些三角形，已被解构、分散，不成形状。

瓦在墙角上起伏了几百年，看着红的砖，体会自身的阳光，层层叠叠，里外三层，守护一堵墙，又滑向另一堵墙。一大片老房子，唇齿相依。

新房子远远地躲开老房子，担心老年斑沾染它们。极个别的新房子建在老房子旁边，像撕开一件衣服的某个部位，从外往里撕。新房子突兀，俯瞰、藐视低矮破旧的岁月。

房子老了，但气节在，连绵不绝。

村子里，不断地传来砌刀敲打红砖的声音。

临澧，被轻视的

在哪里住下来，哪里就是家。与全国其他县相比，湖南临澧没有太多独特的地方。我的居住地离县城相距不到十分钟车程，这是一栋新建的独立农舍，高大的院墙隔开了外面的喧闹。雨天，坐在宽敞的长廊里，看雨水在院子里欢快溅跃的样子，低矮的草木通过雨水与院墙外的世界有了亲密的接触。

每一扇窗户里都含着一窗的绿色，黄色的丝瓜花爬满了枝蔓，绿色的叶子随风而动，半枯半萎的豆角枝藤加深着颜色的层次，花生苗正逢青春期，生长旺盛，齐刷刷地立身周正，无所畏惧地往上长，房子后面是很多户人家的菜园。

我的书房在二楼，大扇的窗户，把农田和小山坡的景致都收进了视野，长满野草杂树的山坡一年只有黄色和绿色。大部分农田种上了蔬菜，有些田地已然荒芜或做了其他用途，种稻谷的农民已经不多。

一年四季，各种虫鸣鸟叫，让房屋充满了生命喷薄的力量。

临澧位于湘西北，澧水的中下游，是楚文化的传承地之一。

临澧的"九里楚墓群"方圆十余里，有近二百座楚墓。楚墓系战国时期王公贵族的墓地，那些过去的声音在这一个深藏着历史的小城，那些器皿从土地里被一一请出来，给千年以前的时间，做铁证。

我以凭吊者的名义在那里走动，站在给时间做证的土地上，体会到历史的呼吸，找到两千年以前或者以后的自己。

很多年以来，我不断地读屈原，由此也就疯狂地喜欢上了命运坎坷的宋玉。历代文人在沧海沉浮的悲痛之时，多会想到宋玉，与其同悲痛切，杜甫有"摇落深知宋玉悲，风流儒雅亦吾师"，李白写"高丘怀宋玉，访古一沾裳"。

宋玉为古代四大美男之一，十岁左右跟随屈原，曾侍奉楚顷襄王和楚考烈王，官职卑微，但才华横溢，后人多以屈宋并称，可见宋玉在文学史上的地位。像"下里巴人""阳春白雪""曲高和寡"的典故皆由宋玉而来。

宋玉约公元前260年被放逐临澧，在临澧生活了近四十年，生活虽是贫苦，但依旧著书教学，深得当地人的爱戴。临澧至今仍存有宋玉墓、宋玉城，以及宋玉诗中的一些山地和湖水，恍如昨日。

宋玉墓位于一片宽阔的田地中，四面环山，巨大的坟冢像块巨石，重重地压在这片土地上，也给予了这片土地文化的阳光和雨露。平常日子，这里几乎无人光顾，只有逢年过节，村里人才来祭拜。与农民交谈，大部分人都不知道宋玉是谁，有人甚至说这里埋的是宋王，也因为这宋王之名，让墓地有了更高的知名度。宋王的由来很简单，因为时间的腐蚀，小小的碑文上宋玉的"玉"字慢慢风化，致使当地人误以为是宋王。后经数代有识之士的屡屡重修，宋玉墓才保存至今。

我第一次到临澧，问当地人"九里楚墓群"在哪里，问宋玉居住的地点在哪里，大部分临澧人都茫然不晓有此墓群，亦不知宋玉为何人。

不由悲从心起。

春夏秋冬四季，我在不同的时间里，都在临澧居住过。

夜深人静之时，我一次次在居住地散步，聆听两千多年前宋玉的高歌低吟和秋叹："秋之为气也！萧瑟兮草木摇落而变衰。""霰雪雰糅其增加兮，乃知遭命之将至。"

站在宋玉生活过的土地上，一次次诵读他的辞赋《九辩》《风赋》，巨大的悲痛和力量，从广袤的大地和天空中获取到一种莫名的能量，我沉浸其中。

面对似乎已经无所不能的经济，我成为了永远的旁观者。

说一件小事吧——我居住地前的两排树。

我是春天来的这里，房子门前那条不宽的水泥路，只够一辆汽车通过。两排高大的水杉树挺立在路两旁，连绵数公里长，连接着几个村，是20世纪90年代修路的时候，村里的龚书记带头种下的。树木成林，真是美不堪言，像名胜片里安谧的乡村风景画。每天晚上，不少村民和城里人，都会来这里散步。

秋天，我再去住的时候，水泥路光秃秃地躺在那里。树被收购走了，每棵树给主人们三十元钱。百分之八十的农民以各种理由把树给卖了，就为了三十元钱，把十多年的树，把一路的阴凉和风景卖光了。

很多天，我走在路上，尤其是晚上，光线暗淡，气愤到了极致，对着黑色的天空狠狠地骂……

有六户人家没有同意砍树，那些孤零零的树，像一些哀悼者、守墓人——白天，它们笔直的树干孤绝地刺向天空一言不发，情绪悲壮。晚上，坚硬的树干与簌簌作响的树叶一起思念那些罹难的兄弟。

砍伐是人类对自己的一种惩罚，有如砍断自己的手足。

我住在那里，但九里楚墓群、宋玉和那两排苍天大树，日夜碾压着我残碎的梦魇，也供我呼吸。哪些是重要的？哪些是真正的文化？哪些是我们必须传承的？哪些是我们必须坚守的？

小 草 坝

1887 年，英国青年伯格理从上海溯江而上，到达云贵高原，与苗族人一起创制了苗文。为救当地人，伯格理在石门坎去世。由伯格理翻译的苗文版《圣经》中附有一幅地图，在云南昭通境内标注了一个小圆点，旁边注有英文"小草坝"字样。

小草坝位于云南昭通彝良，境内最高海拔 2226 米，最低海拔 905 米，属于低纬度高海拔，广义上的高寒山区。

我从 2017 年开始接触麻农，主要采访彭富荣①、彭贵银②父子。

水飘在空中， 风把雾从水里吹出来

从北京出发，经湖南、贵州，进云南，到昭通是第五天的晚上。

在昭通市区休整了三天，第四天早上出发前往彝良县，傍晚到的小草坝。

彭贵银是我在小草坝认识的第一位种天麻的农民。种天麻的农民把自己称为麻农。彭贵银住在大山里。

---

① 彭富荣，1963 年出生。
② 彭贵银，1986 年出生于小草坝村彭家岭生产小组。

小草坝镇上的主公路，随山势起伏、转弯。集镇中心的路边，有一块石碑，写了"小草坝"字样。按彭贵银发过来的导航，我在石碑下左转，离开集市不到一百米，镇上的店铺、人声、车辆，瞬间全部消失。拐个弯，大山重新涨满了你的视线。

小草坝村路正在修建中，泥巴、水坑到处都是。在镇上，手机信号还正常，进了村子，手机信号消失了，电话打不通，无线网络也没了。我看着近处的高山，透过低的山峰，远处还是山，山太多了。好在乡里乡亲的，大家都认识，我问路边的老乡，彭贵银家怎么走。老乡用手一指，农场左边有条路，往里走。我边走边问，问了三四回。难怪出发前，彭贵银坚持要到镇上去接我，我不想麻烦别人，何况有手机，有导航。

彭贵银一直站在到处是黄泥巴的马路边等我。

彭贵银的家在马路西边。一排平房，朝南，水泥地的院子，长方形，与房子面积一样大。

彭贵银推开房子东头第一扇门，把我让进家里。

我站在门口，完全恍惚了，这难道是深山里农民住的房子吗？——玻璃推拉门，地面是奶白色的瓷砖，一尘不染，墙体通白，长沙发、取暖电烤炉、电视机，屋里所有物件都是新的，惊人的干净整洁。后来，我才发现事情的真相。

我在小草坝待了一周，始终没看到过阳光照耀群山的模样。这里的雾让我终生不忘，一小团一小团，一大团一大团，小到一栋民居，大到把整座山、整个村子全部笼罩起来，水雾时间长则一天，短则几分钟。走到哪里都是雾，感觉水飘在空中，风把雾从水里吹出来，所有的植物都浸淫在水雾里，哪怕是一块石头，都是湿的。所见之地，到处是水和泥泞，更多的是浓郁绿色的群山。

彭贵银从天气开始聊起。

　　我们这里三天两头地下雨，没下雨，雾就会起来，站在家门口，经常看不到对面的屋子，看不见对面的山。习惯了，也挺好的，不会影响心情。我们一年见到阳光的日子不到一百天，身上湿气都很重，以前住的房子不好，湿气更重。我们吃天麻，吃姜，天麻去湿。

　　以前我们不种天麻，说天麻只能野生，种不了。父辈们就上山挖野生天麻。

　　春天，野生天麻长出小秆，混在杂草里。六七月，有了这秆，才能找到天麻。十月，秆没了，父亲就到曾经长秆的地方再挖，还能挖到天麻。父亲他们一天最多可以采到十多斤天麻，一般一斤左右，也有一个都没挖到的时候。

　　爷爷年轻的时候，山上的树比现在多很多。树很高，比人还粗，从很远的那条公路开始一直到我们这里，还继续往大山里走，都是大树林，面积很大，包括盐津、大关、彝良好几个县，后来都属于国家林场。林场砍树，与我们没关系。2007年之后的三四年，林场把树给采伐了，山上就没什么大树了，现在种了很多小树。

　　父亲那个年代，挖野生天麻的人很多，大家从村子里出发，经过我们家门口，拐进上山的路。采到的天麻，是舍不得吃的，我们只吃天麻秆。用刀把天麻刚长出的秆砍下来，生堆小火，烤熟了，也好吃，秆老了就不好吃了。

　　我喜欢跟着大人去挖野生天麻，身上都带着刀。1998年，采天麻回来的路上，我的手被划了一刀，父亲从随身的背袋里扯出一块布，把我的手缠一下，血把布都染红了，后来伤口自然好了。以前都这样，不讲究。

　　父亲挖回来的野生天麻，先洗白了，家里冷，烧团煤火，慢慢把天麻烤干，出太阳的时候，拿到外面晒。

20世纪90年代，野生天麻卖得挺贵，二十块钱一斤。现在一般的天麻三四十块钱一斤，好的七八十元一斤。如果一堆天麻里，有大有小，尤其是小的多，价格就是二十多元钱一斤。之前的天麻不分级别，后来天麻多了，麻农想着还是分个级别，就根据天麻大小、胖瘦，好看与不好看，分特级、一级、二级、三级、四级，剩下来的就是那些很小很小的天麻。

我们种天麻是在五月和九月。

我们小草坝村，最多的姓只有两家，一个就是我们彭家，另一个是杨家，他们是从广东搬过来的，过来的时间与我们差不多。之前，这里应该人少，如果有人，那之前的人去了哪里？我不知道。杨姓的人占村里三分之二还多，五千多人。姓彭的在小草坝村不多，一千多人，其余不多的村民有姓刘的，姓王的，姓李的。

小草坝村全部是汉族人，小草坝镇也只有三两户人家是彝族，苗族有一户，他是帮人来打工的，后来就在小草坝扎根，住了下来。

小草坝村里有木工、石工，都是老人。这里的很多房子都是石头砌的，石工就砌这种墙，木工就只做做门窗。

以前的小草坝彭家岭太偏了，现在因为种天麻，每一家一年能挖几万块钱的天麻。有了钱，大家都修房子，家家都有汽车，孩子上学有摩托车接送，在学校有营养餐吃。

像我们这种年龄的人，出去打工，天天干苦力，工资还不高，一年还赚不到几万元钱。小草坝百分之九十五的人家都在家种天麻，出去打工的人少。只有二十岁左右的人才出去打工，大一点年纪的，家里没钱投入种不了天麻的人，就帮别人家种天麻，帮人购材料、挖天麻。

我们这里的人，春天到山上找一个月的野生天麻，挖回来卖，再种春天麻。二三月，村里人打一个月的竹笋。到了九月、十月，还可以采竹笋，一天赚大几百块钱。不种天麻的时候，我们就种玉米、土豆。玉米收回来，家家户户门口挂得到处都是。玉米很好吃，其中一种吃法是把玉米打成粉，当饭吃。

一年就这样过去了，没有多的时间去做其他事情。

这里的人很勤劳。如果今天我的堂叔要来给我家种天麻，我们一般是上午九点吃饭，那之前的两个小时，他就在自家地里干些活，九点再来我家种天麻。我们请人种天麻，给工钱，不兑工，一百元一天，做十天八天不想做了，我们就把工钱给他们结了。来种天麻的人不会偷懒，他们不想做了，或者做不了了，就不会来帮工，来的都是熟悉的人，都是远房亲戚或邻居，他们都会很用心地来做事。我们只要把种天麻的粉啊什么的给他们，让他们带上山，他们自己就去做了。我忙其他事情，有时候就不上山了，他们照样会把活干好，不会让主人操心的。每次我请十来个挖天麻的人，大家站成一排，速度不能快，干这种活，本来就慢。

野生天麻和我们现在种的天麻，营养成分完全一样，我们也是种在大山里，种在长野生天麻的地方。

我们种的是白天麻，比婴儿的手指还小，这些小小的天麻如果没有蜜环菌吃，就长不大。它有点像人，吃好了就长胖点，没吃的就长得不好。

我们把不适合生长天麻的那些地方的蜜环菌采集过来，种植在适合天麻生长的山上，让天麻吃到蜜环菌。天麻如果在六月、七月、八月这几个月里吃蜜环菌，就可以长大，成活率也高，长得也稍微快点，以前的天麻要长三年多，现在在山上长两年半。种植一次蜜环菌，只要长势好，以后就不用再放、再种了。只要把白天麻种在蜜环菌旁边就可以，放些树枝，蜜环菌长在树枝上。

上几辈

彭富荣老人的屋子里，杂物有些多。音响旁边放着电饭煲，沙发对面不是电视机，是一膛火，来了客人，大家围炉而坐，旁边一张矮桌子，上面的杯子里总有几片剩下来的茶叶。屋里色调偏暗，墙壁原本刷的是浅蓝色，时间久了，被油烟熏得黑里露白。屋子里很暖和，情意浓浓，老伴、儿子、媳妇、孙女，人来人往。

彭富荣的老伴叫杨泽述，她身体健康，屋里屋外地招呼客人，招呼家里的鸡啊、狗的。

彭富荣老人，瘦高个，一位健康、干净、做事利落的老人，在一身灰色衣服的对比下，古铜色的脸，尤其醒目。老人不太爱说话，喜欢抽烟，时不时从外套的口袋里，掏出红色的烟盒，一根接一根，云南人喜欢抽云南的烟。

老人带我们上山，家里的四条狗，前前后后地围着他打闹。老人的世界里，只有远处的山峰、雨雾中的植物，只有他身边的这条山路、河水和泥土。屋前面的这座山，复制出远处的另一座山，无穷尽的山，像花苞一样，在阳光下敞开，层层叠叠，迎接着上天的甘露。

任何一种时间里，老人都在享受一个人的安静，坐在家里，走在山路上，莫不如此。

　　我喜欢走在灌木林里的老人，跟在老人后面，老人如一棵行走的树，每隔一段路，到一个地方，会告诉我，这里发生过什么。这里有很多野猪，把这片地都拱坏过，天麻被它们吃光了。老人说话，短句，不长，话不多。

　　老人对人、对物、对身边一切的热爱，散发出让人亲近的气息，有一种恬静、自然的味道。

　　我感受着老人生命里的热情。

　　老人口音很重，他说以前种天麻是"广种薄收"，我回问了他一句："光种不收？"老人笑着回答："嗯，是的。"马上，他又补充一句，是"广种薄收"。

　　在火塘旁、村里的马路边，在我与老人一起上山的泥巴路上，我听着这位深山里的老人，说起一些事，谈到一些人。

　　　　我1963年出生，祖上从江西、湖南过来的，经过贵州，到的小草坝。我们在这里生活了很多年，具体是哪一代人到的彝良，我就不知道了。

　　　　（彭富荣的孙女，十二岁，圆脸，胖胖的，短发，读小学了。她一直坐在火炉旁，听我们聊天，我没发现她什么时候起的身，她从里屋捧出本家谱。老人笑呵呵地摸着孩子的头，她是个机灵的孩子。老人查家谱，他们到昭通小草坝有十四代了。）

　　　　我们一直住在这里，房子只是翻新、重建了很多次，我也出生在这里。

　　　　我父亲在彝良银行上班，我十四五岁就跟着叔伯们一起进山挖天麻，每天最多挖一斤左右的天麻，那时候没人种得好天麻，只有挖野生的。

家对面的山叫桂花树弯弯山，山上有一棵很大的桂花树，上几辈的老人们都这么叫。

我们去挖野天麻，是村子里的人一起去，有时候三五个人，有时候十多个人，大家吆三喝四地一起进山。

这里的山都属于国家林场，等林场工人把树砍掉后，我们农民就上山，看好一块地，选择一个小山坡，或者某个谷底的一块山，面积不会太大，用火烧。过几天，林场工人种上了树，我们就在小树旁种苦荞麦。一两年之后的冬天，在被火烧掉的这些树的周围，用锄头去挖，也许可以挖到野天麻，运气好的，一天能挖一两斤。野生天麻长得并不深，但不用锄头，是挖不到的，一个地方多的时候二十多个，有时候就一两个。我挖到最大的一个野生天麻有八九两重，二三两一个的天麻比较多。

天麻挖回来后，我们用水把它煮到九成熟，再用针线穿起来，一串串地，吊在火炉上烤，卖给镇上的供销合作社，干天麻十二块钱一斤。

我的爷爷及上几辈人都挖野天麻，这里的气候适合长这个，雨雾天多。我们挖野生天麻的方法，也是祖上传下来的，大家一直这么挖。村里以前没什么其他经济来源，就靠挖点野生天麻、打点笋子，卖给国家。那时候挖天麻的人也少，大家生活都不好。

家里最困难的时候是 1983 年，土地刚下放到我们手上。我第一次有了田，有了地，也有了山。但大家都是广种薄收，生活还是比较艰苦的。

2000 年，我们才开始种天麻，最初只种了一百堂、三百堂。（他儿媳妇在旁边解释，在这里，一块屋子大小的地叫一堂。）以前种天麻没效果，种下去有就有，没有就没有，全凭天地运气。

十年后，我们使用萌发菌和蜜环菌，种天麻就有比较稳定的收成了。现在，我们家里种天麻比较多，一家人忙不过来，就请人种，请人收，自己也忙这些活。

去年，我一个人在山上挖天麻，感觉树上有响动，抬头，一只大熊趴在一棵两米多高的树上看着我，我揉了揉眼睛，看着它，与它相隔不到两米远。这只大熊是被几只狗追到树上去的。我不敢发出一点声音，赶紧轻轻地离开那棵树，绕到另一片山坡上，挖了一篓天麻才回家。动物是不会主动攻击人类的。

山里野猪最多，大的有三四百公斤，野猪也不会主动攻击人，我们也不会去伤它，就让狗把它赶走。

山上动物太多了，有野鸡、锦鸡、麂子、娃娃鸡。娃娃鸡不会飞，就在地上走，与家里养的鸡有点像，它的叫声跟娃娃哭的声音一样，所以叫娃娃鸡。蛇也多，也最普通，菜花蛇最多。

人在这里集中，水在这里汇合

我与彭贵银挖天麻的队伍一起出发上山。

出村子，一条一人宽的泥巴路，两边长满了绿黄相间的杂草，远处是密集的灌木林。泥巴路上，细细的水流，绕着小石头，绕着小草堆。泥巴路细小地转着弯，在大山的灌木林里，如一根小线条，转到前面不见了，到近前，小线条又垂直地落到山坡下面。再浓密的草丛，也掩盖不了这些小小的泥泞道，可见进山挖天麻的人还是比较多的。

我们一起来到了洗脚石边。现在是涨水的季节，溪水已成小河。水深，落差大，白色的浪花从上面汹涌而下，河道曲折，只能看到上面八十米左右，河水转弯，像从绿色的树林里突然冒出来，只有声音远远地流过来。

一些巨大的石头落在河底，像些潜伏的动物，被河水暂时掩护着。

巨大的石头，高低、凸凹地躺在河底，三根树枝被铁丝捆绑在一起，还有码钉，狠狠地扎进木头里，把无关的两根木头，硬生生地钉在一起，成一座桥，放在两块石头上面，树枝桥小的那一段，不断地被河水冲刷着，浸泡在河水里。几十米长的白色浪花，在不远处消失。

树枝与河水相距十厘米，不断有河水从树枝桥上飞过，树枝桥往下游方向二十米左右的地方，是水流冲击出来的一个小水潭，有七八米深。

树枝桥的那边，好在有一块突出的大石头，接住过河的人。

河谷很低，两边是高高的石崖。

人在这里集中，水也在这里汇合。

河水的声音，充满了整个时空，树木在声音里岿然不动。

我们过了那条小溪流，往山里走，山下的水声，一直伴着大家上山的路。

上的山越来越高，慢慢地，就听不到水声了。

我跟着队伍，从一棵棵树下走过，从山边走过，跨过被水冲毁的小山路，踩在落满树叶的路上，被绿色包围着。我们走到一个斜斜的山谷里。彭贵银他们停驻在杂草堆里。环顾四周，他们告诉我，现在能看见的这一面山坡上，全部种了天麻。而我看见的全部是杂草。

彭贵银他们弯下身子，戴着防水手套，手背是红色的，掌心是黑色的。他们用手扒开一些灌木，如果用锄头之类的工具，会把天麻挖坏，小草坝村人挖天麻全部用手。疏松的树枝、草木被手扒开，隐约间，土地里露出几排天麻，一些天麻无根无蒂地落在土里，新鲜得很。有些天麻钻在下面，彭贵银用手指抠进土里，把天麻取出来。有些大天麻的后面像长了尾巴，白色的，上面有很多小天麻，这些小的还可以长出天麻来。长的、不胖的天麻，麻农说它们麻型不好。只有凹肚脐、鹰钩嘴的是好天麻的长相。

他们把土坑里的天麻拿出来之后，把坑里的木头稍微调整了一下位置，放在一个适合天麻吃蜜环菌的位置，把土回填，脚一离开，旁边的灌木重新归拢、遮蔽。人和植物的动作，都成为习惯性动作。

彭贵银的父亲，看着旁边的一堆青草，戴着手套，上前。老父亲用脚拨开灌木杂草，双手绕过草木，直接刨土，有些土被老父亲连土带草卷起来，有些土只能往四周扒，再浅浅地往下，就看到一些散落的、近似于成排的天麻。老父亲把一个个天麻取出来，有些小个的天麻，不会再长了，也取出来；有些小的是白天麻，可以再继续生长，老父亲就用手指抠一个小坑，把它埋进去，盖上土，四周的绿色植物又伸展在这个巴掌大的地方，把土和天麻遮蔽在下面。

老父亲有点气喘吁吁。挖到第五个地方，这里竟然没有挖出一个天麻来。

老父亲继续，蹲下身子，弯着腰，整个人都被四周的灌木包裹着。

手套上全部是泥巴，天麻上面也沾满了泥巴。

各种鸟的叫声不断，高高低低，长长短短。

山上有树，大部分地方是灌木，有些杂木、灌木比人高出很多，近似于树。

站在山坡靠下的位置，彭贵银告诉我们，这整座山上都种了天麻。

野猪怕一些五颜六色的东西，彭贵银他们就在种植天麻的山上，挂上一些彩色的布团。

塑料制品这二十年来在农村里流行了起来，也有些本土化了。彭贵银背着一个绿色塑料编织筐，长方形，比较深，有两根宽的编织带。他手里拿一把长的柴刀，进山的人都带刀，可随时砍掉长到小路上来的枝蔓，也壮胆防身。

彭贵银等后来的人，就把柴刀立在地上，用刀柄顶着塑料背篓，让肩膀得到休息。他的背篓里，背的是刚挖的新鲜天麻。

    在村子里，我父亲上山找野生天麻算很厉害的人。如果今天父亲没挖到天麻，同去的人就会说，今天彭富荣都没有找到天麻，真不好找，我也没找到。

    父亲带我和姐姐去山上找野生天麻，他看到天麻的秆了，不会马上去挖，而是带我们坐在天麻附近，装作没有看见的样子，说，坐一会儿，玩一会儿。

    之后，他就问我们："你们看看这附近，哪里有天麻？"

    我们是很难发现天麻的，他就会不断给我们提示，缩小天麻的范围。有时候，我们踩到天麻了，父亲才会说，那里有天麻，注意。

    父亲采了几十年的野生天麻，家里一直很穷。

    往常父亲他们采天麻，都是村子里几个人一起约好时间，走出村子几公里。快进山了，到了一条小溪边，那里的水流很急，水面较宽，溪水这边有一长溜巨大的石头。大家就坐在这些石头上，穿上鞋子，过了桥，就算正式进山了。在这之前，村里人都光脚走路，农民太穷了，能不穿鞋就不穿，怕穿坏了鞋子。村里人管溪边的那几块石头叫穿脚石。每天早上八点，上山采天麻的村民就在这里集合。下午五六点，也在这里集合，如果有人没回来，就会问清楚，那人是和谁一起进的山？走到哪里分开的？走的哪个方向？再派人回山里去找这个走散的人，站在高处喊他的名字，大家齐了才回村。每次都这样。

采野生天麻本身没有危险，我们这里最多的就是野猪，太多了，一年要吃我们很多天麻。我们山上还有很多狗，有几十条，帮着守天麻。山上有蛇，到处都是，我们相信这里的蛇不会咬人。山上还有熊。

吹着口哨上课的三位代课老师

我出生的老屋，在新房子下面不远的地方，我上面有一个姐姐。

小草坝村彭家岭小学在老屋后面的山上，学校就一间小房子，一个代课老师带着一年级和二年级的学生，二十多个小孩拼成一个班上课。一年级的学生面对南边的墙，墙上有黑板。二年级学生面对北边的墙，墙上也有黑板，一间教室里前后的两块黑板都是用两根木棍支着，斜靠在土墙上。

代课老师先站在南边墙的黑板前，给一年级的学生上课，布置完作业，再走到一年级学生的背面，面对二年级学生，讲二年级的课。

姐姐读二年级，我读一年级，姐姐是1985年出生的。

村里没人有手表，更没有钟，这里长年是雾天，上课的时间靠代课老师的生物钟来掌握。

代课老师起了床，做了点饭菜，吃完，从门后的土墙上，取下个银灰色的铁哨子。代课老师走出家门，站在屋外的土坪里，周围的山沉没在浓浓的雨雾里，黑狗早早地站在路边，等着主人。

代课老师把口哨含在口里，吹了几声。他往学校方向走，走几步，他就吹一声哨子，他看不见对面的山，也看不见路边的房子。水像飘在空中，被风吹来的雾把高大的树、远处的菜地，都遮掉了。声音在雾里显得更加清澈响亮，孩子们听到哨声，抓起桌子上的小土布袋，往肩上一甩。也有孩子把书包带子抓在手上就往外跑，洋瓷缸杯掉在地上，叮叮当当地滚在地上。孩子往门外跑，嘴里喊着东边堂屋里的贵狗、西边屋里的细毛，一堆孩子往学校跑去。

代课老师最远去过县城，高中毕业，与班里绝大部分同学一样，没考上大学，没考出去，各自回家。在村里，代课老师文化算较高的，很多人只读了小学，初中生也不多。他回到村里的第二年，老代课老师得病去世了。老代课老师也是高中文化，他自然成了代课老师，每月工资比上任多了十块钱，六十元一个月，钱是教育局发的。

孩子们跟着代课老师的哨子声，跑在山里的小路上。

到了学校，代课老师吹了最后一声哨子，大部分孩子已经到了，偶有一两个没来的，代课老师站在校门口喊一声：唐莫林、彭贵堂。不远处的房子里，就会急匆匆地跑出两个孩子，学校离孩子们的家都很近。

我们现在看到代课老师，还笑他吹着哨子去上课的样子，他现在五十多岁了。

代课老师吹着哨子上课，从1990年吹到1998年，教了八年的书。后来，学生全部去林场那边的学校上课。没了学生，就没了学校，代课老师自然也就下课了，他的教学时间也是八年。

新老代课老师都姓彭，我们小草坝村彭家岭生产队，全部姓彭，没有一户外姓。三位代课老师，第一位代课老师只上过小学，五年级毕业回到我们生产队当老师，现在已经去世了。另外两位代课老师还在我们生产队出工干活，年纪大一点的代课老师叫彭华田，稍微年轻一点的代课老师叫彭富文。小草坝彭家岭学校，总共就有过这三位代课老师，我们读书都要交学费，我们自己回家吃午饭。

我在代课老师那里读完二年级，上面就要求我们到林场读三年级。代课老师现在也在我这天麻合作社里。去林场那边的学校路很远，不能回家吃午饭。每天早上，我们塞两个土豆到书包里，中午吃土豆，冬天也这样吃，我们的课本和练习簿，都是土豆味。我们天天吃土豆，也只有土豆吃。

彭家岭在我爷爷辈，只有四个人走出过小草坝，在外面参加工作。到我父亲这一辈，只有一个是哈尔滨大学毕业的学生。到我们这一代，没有出一个大学生，我有十几个堂哥，他们都是打打工，种种天麻，没什么文化。我的普通话也是通过天麻，慢慢地与人交往，学会的。

我在林场那边的广东小学读了四年书，路太远，读了一段时间，我们都不想去了。早上，我们要走三公里才能到学校，三年级的孩子还是太小了，走那么远，到学校就累了，就想睡觉，我们都是打着瞌睡听课，老师讲的，我们越听越不明白。中午我们只有两个土豆吃，下午早早就饿了，边上课，我们边想着早点放学回家吃点饱肚子的东西。实在饿了，就三五个开溜，不上课了，直接跑回家找吃的。

20世纪90年代末是我们家最困难的时候，我和姐姐都在读书，吃不饱。我和姐姐断断续续地读完六年级，初中都没有读，就回家了。

父亲开始带我挖天麻、种天麻。

消失的合作社又回来了

小草坝村有二十九个生产队，八千多人，一千多户，六七千亩山。

2007年，山分到了每一户，有些人家分得多，有些人家分得少。我们家分到了一百多亩山，每年都在种天麻，现在一共种了三四十亩。

天麻不是什么地方都可以种的，即使在小草坝，也要看土壤。

种天麻与种小麦和稻谷不一样，如果2016年5月我们把一亩地的天麻种下去，2017年10月把天麻分栽，到2018年，我们才能去挖天麻。开种以后，要两年才有天麻挖。但之后，年年种，就年年有天麻挖了。

以前种的天麻，三年半才能挖，后来杨洪述把萌发菌、蜜环菌卖给我们，还集中教我们自己做。这技术含量不高，一看就会，学起来很快。挖天麻提前了一年，杨洪述的功劳挺大的。

杨洪述带头，把村里种天麻的人家组织起来，成立了合作社，相当于一个小的公司。

2015年，我也在工商局注册成立了贵银合作社，小草坝村彭家岭种天麻的散户全部加入了我这贵银合作社，还有广东生产队、下坝生产队，这几个生产队百分之八十五以上的种植散户也加入了进来。小草坝村还有一个上海生产队，他们没有在我的贵银合作社里。

我父亲六个兄弟姊妹，四男两女，爷爷退休，叔叔接的班，其余的兄弟姊妹都在家里种地、种天麻，现在都在我的合作社里。

我是农民，去工商局注册合作社不要钱，政府对我们法人进行培训。

现在贵银合作社有一百多户人家，二千多亩地。我们这里成立了很多合作社，当地只有百分之二十五左右的人家没有加入合作社，他们不太明白这些政策，他们就想着，把自己的天麻卖了就可以，没想其他的。

小草坝镇里有一个天麻国际交流中心，都是在卖我们几家合作社生产的天麻。这样，可以防止外地的天麻混进来，冒充小草坝天麻。

有些人来买天麻，需要开发票，我们有自己的合作社，就可以到镇税务局去开发票，不用交税，免费开。如果是天麻种植散户，没有加入合作社的去开票，是要交税钱的。

守天麻的，都是上了年纪的人，有收成的那几个月，他们都住在山上。我们家没请人守，自己去看，不住山上，因为家与种天麻的山不远，我们还在山上布了机关：一块木板上钉十多颗钉子，朝天埋在浅浅的土里。

我们今天进山，从哪里进，就从哪里回，不乱走其他路。布置的地方，我自己知道，绘了个小小的图。有些晚上去偷天麻的人，被铁钉扎了，就不再去了。现在，来我们这里偷天麻的人比较少。

我们家种天麻算是比较多的，其他人家有的种十多亩，也有种一亩、半亩的，种得少的人家就自己种，不请人，一年收入也有几万块钱。

我们家请人种，因为自己种不过来。

天麻分为春麻和冬麻，在两个季节种。

种子长出茎来，开花，结小果，果子里有上千颗粉，成活率只有千分之几，只有几个成活。今年七月，我们把粉麻种下去，到明年十二月，才能挖白头麻，再把白头麻种下去，后年才能长出天麻来。现在是九月底，我们挖的是去年种的冬麻。

种天麻，我们会选择坡陡一点的地方，不积水，天麻就不会烂。

七月、八月、九月，如果天天下雨，有些天麻就会在土里腐烂；如果天天出太阳，蜜环菌就跟不上，天麻就不会长。太阳和雨水循环的天气，天麻才会长得很好，我们小草坝就是这种循环气候：下几天雨，出几天太阳。

气候的变化，土壤的选择，决定了天麻的优劣。

我们只加工天麻的第一步，把挖来的天麻洗干净，放水里煮。天麻有一层皮包裹着，营养是不会丧失的，煮十五分钟。生天麻是不能去烤或烘的，必须要煮熟。

以前直接将天麻放煤火上烤，出太阳就拿到外面晒。现在天麻就放在烘干机里烘，一次可以放一吨，我们贵银合作社买了一台几万元的烘干机。合作社只有三分之一的天麻烘干了拿去卖，其余的天麻没时间烘干，就直接卖了。我们要种天麻、挖天麻，时间很紧，没时间烘干。买我们湿天麻的人，烘干了再去卖。

有些小商贩也直接到我们麻农家里来收天麻。2000 年，天麻的价格是二十元一斤。2017 年，我们这里开了天麻国际大会，开完会天麻一斤就涨了十多元。

发怒的狗， 其中一只狗的名字

狗是小草坝的主人之一。

彭贵银家养了五只狗，睡在一个窝里。为了食物，它们偶尔才会打架，其余时间，都和睦相处。

狗睡的窝搭在屋子外面，小草坝人家都这样。

小黄，是一只狗的名字。小黄看见主人在屋外清洗套鞋上的泥巴，就身子挺拔地蹲坐在地上，像一尊披着斗篷的雕像。小黄从头到脚都是黄色，两边脸上也是黄毛，前脚靠近胸部的地方一排黄，四爪亦为黄色。两只耳朵平行于头，耳朵尖尖没往上翘，也没有耷拉下来，刚柔相济。主人在山路上走，它喜欢靠着人的身体，前前后后地绕着走。它的脸部表情总是微笑的，嘴巴张开，微微向上扬，尾巴永远翘着，最后那一撮毛又垂落回自己的后背上。

一只狗身体全黑，眼睛靠近鼻梁的地方，有两处眼珠一样大小的黄色毛，明晃晃地，像两盏小灯。一看见这只狗，首先看到的肯定是这两处黄色斑点，这是我叫它四点狗的原因之一。

有一只狗，我叫它发怒的狗，其实一看就很温存，只是它的毛被雨水打湿后不同于其他狗，一根根毛像针一样竖立着。发怒的狗四爪为黄色，其余部分为黑色。

老父亲穿上雨靴，走出房子，四点狗和发怒的狗同时站起来，紧随主人。它们像是与主人一起去走亲戚，也像是去完成某种任务。

老父亲忘记拿手机了，折回老屋，两只狗席地而坐，在院子里等待主人。

老父亲背着背篓，拿起一把靠在墙上的长木柄砍刀，出发了。

我们七八个人，组成了这一次上山挖天麻的队伍。横穿村里的大路，往大山方向走。

离开村子不远，泥泞的小路上，只够老父亲一人走，五只狗就排着队，走在路旁的草地上，护卫老父亲前行。发怒的狗走在最后面，挨着老父亲的脚。

越往山里走，我们的队伍越显稀疏，狗也慢慢地分散在队伍的前前后后。

还有一只白色的狗，与人始终保持五六米远的距离，不靠近人。彭贵银站在石头这一端，白色的狗就站在石头另一端，它身子的一半在草丛里，脚并拢站立，头向前伸，耳朵直直的，尾巴落下来，像另一条腿，都快接近地面的石头了。它不靠近人，但头向前伸，时刻在观察人。人走近，它就跑远一点。白色的狗给我们同去的女性带路，它不认识她们，但它知道，这是主人的朋友。三五秒钟的工夫，白色的狗就跑到前面很远的地方去了，女性们走得慢，狗就在前面等着。走走、停停、等等，狗和女人们之间形成一种节奏。山路上弯很多，狗一回头，发现女人们不见了，狗就往回跑，有点小着急，跑得快，一个急转弯，差点撞上走在最前面的女人，白色的狗站住了，转身又放心地在前面带路。山路有点远，狗放心地把人类甩在后面，跑得远了点，它就坐在草丛里，等女人们气喘吁吁地赶上来，接着它又很快地往前跑了。

我们只听见套鞋踩在泥巴里的声音，我似乎听见大山里的植物的呼吸声。

越往山里走，离村子越远。已经看不见村里的房子了。

走了半个小时，还不算进山。

半路上，灰色的狗、四点狗和发怒的狗，还有白色的狗，遇到稍微宽一点的草丛，就一字排开走在老父亲身旁。路窄了。路，小线条般的两边，树越来越高，不断有树叶落在狗的背上，狗背着一两片枯黄的叶子走了很远，一片树叶掉在地上，又会有另一片树叶掉在狗的背上。狗不理会这些树叶的来来去去。

土路斜斜地耷拉着，落向下面的河流，坡度有些陡。

到了河边，看见了那座三根树枝捆在一起的桥。

主人过了河，小灰闻了闻树枝，蹚水上桥，过河。发怒的狗跟着，它们翘着尾巴，低着头，走在树枝桥上，比人的速度要快。

我们过了河，爬上石头的堤岸，五只狗拥挤着走在老父亲旁边，很快又各自散开。

过了河，才算正式进山了。

草更深了，密不透风。树也多了，狗警觉起来，守护在人的前后。

小黑在坡下不远的地方发现了小动物，它叫唤了第一声，其余的狗快速地穿过灌木林，聚集在一起，形成一个扇形包围圈，叫了起来。

老父亲说，以前种天麻，不养狗。现在养狗主要是为了防贼，防野猪。有野猪来了，无论是一只狗还是两只狗，都会冲上去叫，很凶的样子，但狗不敢咬野猪，只是跟在野猪后退的路上一直叫，直到把野猪撵跑。

野猪也害怕，被这么赶一次，至少要隔两三个月才再来。

进山的路开始还比较平，后来几乎没有路，全部是泥泞和杂草。

不断有溪水把路给淹没了。

人走在苍苍郁郁的大山里，不会有孤独感，狗时刻亲昵地奔跑在人的四周。

上山挖天麻，彭贵银家里的五只狗，是有分工的。

这只狗在那里，另一只狗在这里，一只狗带队，往前面走，永远还有一只狗走在最后面断后，还有一只狗像通信兵，来回奔跑于队伍的前前后后，在中间穿来穿去。

灰色的狗和发怒的狗在前面开路，离人很近，老父亲等后面的人，回头，灰色的狗就站在背篓的下面等着，看着其他地方。只要老父亲有了继续走的念头，灰色的狗就往前快走几步。

四点狗总是走在队伍两侧，与人保持很近的距离。它总是喜欢站在杂草里，与草一起等待冬天的来临，与草等待一场瓢泼大雨的到来。

主人挖天麻，四点狗静静地退在六七米远的灌木里，一动不动，不发出一点点声响。如果不细心，是感觉不到四点狗的存在的。它蹲在草丛里，享受着大自然的静。

灰色的狗总是在挖天麻的主人后面来回打转，走动。

挖完天麻，我们一起下山回家。

我和彭贵银等人过了河，站在集合的洗脚石上，狗像在登记人数一样盯着我们每个人看。进了这趟山，狗熟悉了我们，我可以抚摸那只四点狗，它也开始亲近我。

我只看见三只狗跟我们过了河，站在旁边，望着河对岸。

还有两只狗呢?

村子里同来的小伙伴说，彭贵银的父亲和叔叔还在后面，没跟上来，另外两只狗在他们身边呢!

后面还有狗和人没有过河，过了河的三只狗是不会走的。我们和狗在大石头上等后面的人。彭贵银他们就在河边洗刚采摘的竹笋。

三只狗跑到最上面的石头上一直站着，没有动，等河对岸的狗走出林子。

最后两个人也回来了，断后的一只狗紧随着最后一个人，出现在河对岸。它低着头，几乎快碰到主人的脚后跟了。

大家一起静静地等老父亲和发怒的狗过河上岸。

老父亲从三根树枝捆绑在一起的桥上走过来。狗走到河边，毫不犹豫地把前爪搭在三根树枝的桥上，它踩在一根树枝上，如履平地。对于跃上树枝的河水，对于树枝下面湍急的河流，它无丝毫畏惧。树枝桥的这边，被水淹没，狗照旧蹚水而过。

最后一只狗过桥，其余的四只狗，都站在岸这边的高处，看着。

一过河，狗突然加快速度，飞快地冲上石头堤岸，速度之快，让人惊讶。

岸这边的黑狗，从上面的位置扑下来，两只狗见面，如同拥抱，相互亲昵，尾巴都快摇断了，各自伸出长长的舌头，互相舔完，一齐往岸上的高处冲过去。三只狗毫不掩饰自己的情感，纠缠在一起，有久别重逢的激动，其实分别也就三十分钟不到。

回到家里，黄色的狗与黑狗坐在屋檐下，像一起上课的同桌。

四点狗远远地在屋子的这头，玩着自己的尾巴。

大陈岛的钥匙

留在岛上

我请老人在纸上写下她的名字。她说："我不会写字。"她停顿了一小会儿，又说："字写不好。"看着老人的犹豫，我知道老人是识字的。她一笔一画，没有一个连笔，写下了：高阿莲①。还写下了她的住址：大陈镇工人之家。

八月底，今年最热的时候，我们来到大陈岛。我记住了第一个晚上的场景：海湾，一条路，顺着山石，傍着海水，居民楼，一长溜，沿山坡而建，太阳落海，暮色来临，路灯逶迤而亮，老百姓家中的灯，对应着天上的星星，零零散散地在海水的催促下，暖暖地亮起来。

我与一群喝了酒的人，背靠山岛坐着，迎面而来的海水，两座小岛，夹道欢迎进港的海潮音，风也在这里转弯、爬坡，吹醒了醉酒的人。

滴酒没沾的我，倒是醉在这流浪的风中。人活着活着，即使渡海，

---

① 高阿莲，1944 年出生于温州，十六岁上大陈岛。高阿莲丈夫，1941 年出生。

即使告别陆地，到了远方的海岛，也没有一个想念的人。逝者，已随我上岛；生者，每天飘零在我的祝福中。想到这些，风更大了，白天的热被海风吹得杳无踪迹。

喝酒的人，已经换上第三种酒。不断有人加进我们的圆桌，围坐的圆圈越坐越大，其中一个喝酒的人，面对岛上一位二十多岁的年轻干部，他想到自己的二十多岁：青海草原上，一位老领导的父亲曾经跟他彻夜长谈，他深深地记住了一句话："年轻干部，要凭良心做事，要为更多的人、为老百姓做事。"他把这句话带到了西藏、北京。现在，他很认真地告诉大陈岛上的这几位年轻干部。他醉得很真诚，人很清醒。

其实，大家都没醉，酒被海风吃得到处都是，被星空清清灵灵地照得透亮。大家听着奔涌而来又转身而去的大海——深情地在夜色中吟诵着自己的诗歌。我听着大陈岛人高阿莲老人的回忆。

1955 年 2 月国民党撤离大陈岛，带走岛上居民一万余人。大陈岛上陡峻的山石，凌厉地插在海水中，往南而去的各种船只在海浪上起伏，大陈岛上到处都是房子，人群流向大海。

大陈岛在无奈地告别。

大陈岛的繁华被人们唱诵，大陈岛的颠沛流离，也被数朝史书所记载。渔民、盐民、农民的各种起义，还有史称"晋唐台州三百年海乱"的眼泪和动荡，远处的海平面，总是托举起一个又一个新的日子，海风和涌动的潮水，永恒地铭记着历史的每一滴眼泪。

大撤离中的大陈岛人，原住民，听惯了冲击着岛屿的海浪声。每个地方的浪涛声是不一样的，还有海风，还有树林的味道，还有那刀削斧劈的巨大岩石。大陈人习惯了这些，至于什么时候能再回来，大陈岛人不知道。每个人都在想象着，不久之后，会再次在大陈岛的房子里，点上灯，摆好贡品，祭祀自己的先祖。

撤离人群，拥挤，喧闹。女人坐在堆满杂物的车子顶端，摇摇晃晃。锅碗瓢盆，破的竹席，陈旧的颜色。一个女人把家中半圆形的透雕铜锁，一把梳妆柜中的鱼型锁，放进小布袋里；一个男人把开门的钥匙系在腰带上，紧了又紧，担心在拥挤的人群中弄丢。他把厅堂的门环与包袱放在一起，放进竹篓里。只是，从此以后，这个男人与所有人一样，再也没能推开大陈岛家里的门，只有那把钥匙一直跟着他到了台湾。

2016 年 10 月 16 日，一百六十三名大陈籍台湾同胞从台湾出发，几经周折，重新登上海水荡漾的大陈岛。他们真想在岛上奔跑，想跪下来，让膝盖接触到梦中的故乡。在大陈岛，他们寻找的声声叹息，重重地砸在大陈岛的山石上。海水连着所有的岛屿，海风吹着海平面上的所有亲情。在此之前，这样无奈的寻访，来来回回，有过数次。来了，又离开。

大陈岛人，分散在台湾的花莲、屏东、基隆等三十多个地方，他们的居住点，都取了一个令人心疼的名字：大陈村。我给台湾女作家钟文音留言，她回复我："你提的花莲、屏东、高雄、基隆都特别美，你真的很适合写。"

大陈岛甲午岩，有一个回湾，海浪进到这里，久久地游离不去。它们听着自己的潮音，感受着自己的身体，在几番激荡之后，才不舍地、暗暗地离开。

与岛上居民聊天，他们总会绕回原居民的话题上。

有文献资料记载，1955 年大撤离，只有一位濒临死亡的老居民留了下来。而高阿莲老人告诉我，不止一位，有七位老居民没有去台湾。

有一位八十多岁的老人，就是文献资料里记载的。老人残疾，处于临终状态，没办法走，家人就在他身边放了口棺木，实在活不下去了，就可以侧身滚进棺材里。这位八十多岁的老人，在解放军上岛后，又活了近八年。

还有一个叫王香花的女人，把孩子抱在手上，宁死也不肯去台湾，没有具体的原因，直觉告诉她：留在岛上。官兵把她绑在大陈岛的一条船上，让她自生自灭，船漂到海上，被解放军发现。1956年，王香花在重建大陈岛的大会上，以大陈岛老居民代表的身份，宣誓：再苦、再累，也要把家乡大陈岛建设好。

王香花后来嫁给了上岛工作的垦荒队员，又生了一个女儿。高阿莲语速突然加快地说："那女儿现在也都六十多岁了。"

高阿莲说完这话，眼神越过坐在她对面的人，看向窗外。陪我们来的丁真翻译完老人所说的话之后，我们都停顿了很长时间。高阿莲声音很轻地说："王香花的一边脸上有一道很明显的伤疤，怎么来的，我也不知道。"高阿莲老人这话，像谶语，也像某种象征，又好像后面藏着某种秘密。我试探性地追问了一句。高阿莲老人没有接我的话。她接着告诉我们留下来的另外四个人的事。

不想离开故乡的还有三个人，他们躲在一条小船里，船随浪漂在海面上。后来，他们继续生活在岛上。

还有一个人，在大撤离半个月前，去了椒江路桥金清镇，大撤离那天，她没有回岛。

1956年到1960年，浙江温州、台州等地的年轻人，四百六十七名，响应国家号召，分五批次上大陈岛垦荒。青年志愿垦荒队分为渔业、农业、畜牧业三个小组，荒凉的小岛，被这些年轻人的激情照亮。

国民党撤离之时把岛上的水库炸毁了，岛上饮水都成了问题。垦荒队员从焚烧、爆炸的黑色尘埃中，从拆除、搬空的房舍中，可以想象曾经这里人来人往的繁华。但现在，这里是一座荒凉的死岛。

垦荒队员大部分是十八九岁的青年，来自城市，没有农村种植、养殖经验，他们就向水库移民学习。水库移民上岛的人多来自大山，熟悉耕种。

重建的激情，微弱的光，悄悄地改变着大陈岛的颜色。

1959 年，台州黄岩建长潭水库，包括乌岩老镇在内的大片田地和山岭将沉没于水中，一百零三户水库移民到了大陈岛。生活在大山里的农民，不适应岛上生活。没田种，太饿了，六个新上岛的妇女，到海边去捡些吃的，刚开始那一个个不急不缓的小浪冲上岛边的礁石，妇女们能够站在海浪里。突然的一个大浪冲过来，六个女人被浪扑倒，卷进了大海。

随着时间的推移，山民慢慢地适应了岛上的生活，成为渔民，成为岛民。海水让蓝天变得越来越远，岛上的石头里，能生长出各种瓜果。高阿莲对我们说："你们如果早来半个月，我请你们去我家吃西瓜。我们吃不了。"

岛上居民主要是垦荒队员和水库移民。

20 世纪 50 年代划分成分，成分好的农民留在岛上，成分不好的，像地主、富农，都被拉上船，送到岸上，不能住大陈岛。

1959 年，大陈岛又有了一千多户人家，居民五千五百多人。

1960 年，高阿莲十六岁，从温州来到大陈岛，分到一栋残破的房子。政府告诉他们所有人，他们现在住的这些房子，只是供给他们居住，宅基地还是属于去了台湾的大陈岛居民的。高阿莲他们维护着、重修着不属于自己的房子。

垦荒队从 1959 年 1 月开始发展大陈岛周边竹屿、洋岐等小岛上的畜牧业。

高阿莲与另外十一个人被分到西边的小岛竹屿。他们在卫星小岛上找到几间遗留下来的房子，收拾出两间，四个女人住一间，另外一间住了八个男人。他们还盖了几间储物和给家禽避雨的房子。

出生在山区，只看到过河流的高阿莲，现在每天起来看到的是大海，海水的最远处就是天空，与海一样蓝。结婚前，她每次看到海，都会想家乡的山。

高阿莲他们在岛上养猪，养兔子，养羊。养了多少？高阿莲说："谁都不知道，每天看着兔子、猪排着队，松松垮垮地从围墙里走出去，晚上走回来。兔子是灰色的，上百只肯定有。"

他们的主食就是自己种的豆子。

1960年底，高阿莲离开小岛，回到大陈主岛，进"五一综合厂"当上了一名工人，加工海鲜产品，工资三十块钱一个月，当时垦荒队员的工资只有二元一个月。

高阿莲在大陈岛的第三年，认识了一位比她更早上岛的男青年，男青年大她三岁，在建筑公司上班。认识一年后，二十岁的高阿莲与这位男青年结了婚，生养了两个男孩、一个女孩。

高阿莲的大儿子也进了父亲所在的建筑公司，后来公司效益不好，大儿子就下海捕鱼。2019年以后，大儿子在大陈岛做些装修的活。

"女儿在银行工作。"高阿莲对我说着话，又侧过身子，对一起访问她的丁真说，"我小儿子是海军，在青岛当兵，我老公坚持要他回大陈岛，所以他回来在一家医药公司上班。单位倒闭了，他现在在酒店帮着做些事情。"

高阿莲偏胖，但她整个身体的动作和表情，足以证明她对现在的生活感到满足和幸福。

我们的话题又回到已经成为老居民的高阿莲的房子问题上。

一直到1988年，高阿莲都住在大陈岛老居民的房子里。刚开始房子破旧，结婚成家后，房子有了生机，但房子始终不是自己的。他们在房前屋后都种上了花，耕种出了三块小菜地，院墙也用石头新砌了，更换了门窗。他们用岛上的石头铺路，紧紧地挨着山坡，挤出一条条宽宽窄窄的路来。有些碎石往下垂落成石壁，稳固路基；有些石头垂直往上，砌成整堵墙；有些墙体糊上了泥巴，有些石头中间穿插木柱，形成一间间屋子。大陈岛稍微老一点的屋顶瓦上，都压着一块块石头，有些规整的屋面，前面压三四行，后面也是。如果是更老些的房子，石头也像记忆一样，零乱成行、成圈，散落地压在屋顶上，这些石头能够压住上岛的海风。

高阿莲知道，有一天，他们一定会搬离这座房子。

一户户人家，错落着从山脚到山顶，石头铺成的台阶，之字形，从这户人家上到那户人家，户户相连。最高的山顶风太大，不会有人家，东镇村，四五排房子，爬满了山岛的一面。

迎风的山岛上，没有居民房，只有绿色的植物和退潮后露出的石头。

1988 年，上岛之后的第二十八个年头，高阿莲在"工人之家"有了自己的房子，虽然只有十九平方米。他们在房子的外面做饭菜，一家四口在小房子里又住了四年。

1992 年，单位解散，高阿莲用一万元买了原单位的一小块地，四十平方米，盖起了一栋三层小楼房。

旁边有地，高阿莲老人种些蔬菜瓜果，吃不完的就送亲朋好友。

高阿莲老人身体很好，我只是象征性地扶着老人下楼。她说："可惜，我老公七十四岁就走了，走了七年了，我还是不习惯，经常想他，他没我有福气，没享到什么福。"

岛　屿

——致敬圣－琼·佩斯

　　1921 年，圣－琼·佩斯从北京出发，以双桅帆船游历了日本、萨摩亚群岛，经南太平洋回到法国。圣－琼·佩斯代表作有《海标》《群鸟》《阿纳巴斯》《雨》《风》等。1960 年，他获诺贝尔文学奖，在法国被称为"伟大的缺席者"。

　　2016 年 11 月 30 日，我在天津港登上一艘船，经北马里亚纳群岛、所罗门群岛、维拉、苏瓦、努克阿洛法、帕皮提、波拉波拉岛、帕果帕果、努美阿、阿洛陶、拉包尔等岛屿，用四十六天时间，漫游南太平洋诸多岛屿。

　　我每天在笔记本上，写一小段文字。

——题记

　　随海水见到的国度——海底的声音，飞鱼、行程、浪花、珊瑚上岸，海涛亲昵。白色的沙滩，浅浅地浮出整个岛屿。战争、更名、换主，生死流变。碉堡和武器的痕迹，成为文明的遗产。

　　你没有的生活，大家都有，你祝福他们。你千恩万谢地恳请男子改掉习气，改掉缺点。海风，呼呼地擦着铁仓的门把手。女孩快乐地生活着，一支烟的时间，海水视而不见……

疼痛在岸上发生，在海上无法被重视。新郎在沙滩的石头上，把雨水洒满新娘的婚纱。浮于涛声的任何事物与海水，纵情歌唱。

——你一直在说些什么。

——与谁有关。

——不是你在境遇中的随意而语。

大海开白花。你只是经过。

你往甲板上走，船尾，一位老人，靠着栏杆，手里拿着速写本，用软笔在画画。从上船第一天开始，老人把看到的喜欢的都画下来。老人喜欢达·芬奇。5月到7月，上海有达·芬奇早期的画展。老人从北京去了上海。展厅前半部分，是达·芬奇的复制品，最后一间单独的房子，才是达·芬奇的那幅画。老人说，房子是黑的，黑黑的。老人站在画前，画其实很小，两边站了高大的保安。老人站在画前面，房间黑暗，一盏灯，暗暗地照着"蒙娜丽莎"，灯光继续暗下去，接着完全黑了。保安对老人说，你等等……就亮了。老人在墨汁一样的黑中，站了小会儿，灯慢慢地亮了。老人说："达·芬奇的画，为什么看的人这么少？"

人们去了另一个方向，落日的那面，霞光中的云朵，海上的阳光。

早晨，你坐在这里。

中午，你坐在这里。

下午，你坐在这里。

坐在这里，早晨的安静，你看着中午的开阔，看下午红色的云。海面平静，看得更远。云，不断地变化着，一大朵，一大朵。

你小心翼翼地使用每一个句号，每一句话，大海不等你说完，就换了情境。

你说，这里有你需要的脸庞。

你在不断地告别。码头上面，一堵墙，有很多涂鸦。

是你所没有见过的……一只硕大的鸟……一些仪式……一条船……一些沦落的捕鱼者……

船长是一个独立的存在，船长不受任何人管理。

你与当地的每一个人打招呼，都会得到热情的回报。

房子，人字形屋顶，低矮的两层。有各种野兽，所以一层用木头架空，也是为了防湿气。第二层住人，屋子里，空无一物。

有很多小孩，站在你后面。皮肤黑得阳光、帅气，目光可爱，没有半点商业和经济的神光。所有人，让你拍照，也与你合影。

你一直在想，有没有海兽不小心，被浪推到岸上。

你们想抓住旧年的最后一天？你们都恐惧于新年的到来？

酒还停留在杯里，兄弟们醉了。酒还在听大海涌起的风声，云来了，雨来了，兄弟们还在喝蓝色的酒。

生命里的蓝，你看见会飞的鱼，听见梦中的天使，说，看见了彩色。

你急切地想写那个女孩。她坐在一排房子的前面，身边有大人和小孩。她十四五岁，一只红色的鸟，站在她的肩膀上。

你走过去，她站起来。你合掌鞠躬，她站在你身边。与她合影，她笑得很自然，很原始。那只鸟突然飞到你身上，女孩子想把它抓下来，鸟又走上你的头顶。

她笑着站在旁边，看着她红色的小鸟。

——雨中的苏瓦，那个女孩的名字。

在图拉吉做生意的几乎都是华人，都是福建和浙江人，有三代华人在这里居住。当地人，做生意的很少。

这里读书、看病不需要花钱。读过书的人，接受过教育的人，学过英语的人，在当地，就叫文化人。

也有人不愿意接受教育，不愿意成为文化人。他们习惯一个人、几个人，或很多个人，坐在一起，看着阳光照着大海，看着大海把阳光淹没。他们看着植物，看着房子，看着很多很多的狗，看着孩子光着屁股跳进海里，看着老人走出海平面。

他站在商店门口，络腮胡子很长很多，头发竖立。这样装扮的人岛上没有。

晚上，去了另外一个岛上的人回来说，那里的女性，都只简单地穿戴，吃的食物是土豆，没有现代工具。

我去的那岛上，没有码头，只能在靠岸的地方，蹚着海水上下船。

这几个岛上的人，都没有见过中国人。

去了首都的人回来说，那里的议会大厦，是两层的房子，是美国人出钱，日本人修的，简陋到可以由个人捐建。

这是一个远离现代生活词典的地方。

海面阴沉，海风很大，走上十层甲板，背风而行。逆风而行，风足以把你吹走。船尾最高处，两个圆筒之间的天桥上，站着一个姑娘。你顺着旋转的水滑梯往上走，风越来越大，天桥上站着的是一位意大利姑娘。她微笑着，侧身，靠着桥那一端的铁圆筒。这么大的风，她在上面干什么？你们用微笑给对方打招呼。风一阵阵吹过来，"受不了这大风的肆意狂吹"，念头一起，风吹得更有力了。你在风的旋涡中，一点点弱下去，这样的情况持续了几分钟。你告诉自己，你可以抵抗一切大风——你伸开双手，让自己轻盈，放松自己，让自己如磐石般立在风中。大海的风，在意念中变得柔和动人了，你没有了半点惧怕。意大利姑娘像没遇到风一样，像风不经过她的身旁。她一直站在天桥上，穿着工作制服，挺拔地微笑。

从十楼外面的跑步廊往里走，推门，听到笛子声。在你第一次静坐的地方，聚集了几位民器乐人，一个拉二胡，一个吹笛子，两个吹葫芦丝，一个唱歌，旁边站了两位听众。他们在推敲着，配合着，衣服随意了点，尤其是鞋子，一位穿了双拖鞋，一位的鞋后跟踩在脚下，没穿进去。都是一些普通的老人。他们认真的劲，在音乐旋律里，充分展示。

二楼，昨天晚上听歌的地方，坐满了人。

昨晚，意大利女子弹琴的地方，当时只有你们三四个听众坐在沙发上。现在，所有的沙发都坐满了人，这里可以看到大海。

弗洛里安咖啡馆。

外面三个房间，四面玻璃墙上，各种美术作品，一大幅一大幅。最近的一幅：女孩手拿六枝小小的植物，有花八朵，裙子是大块的褐色、蓝色、灰蓝色。女孩如在云端，除了人物的细致描绘，身外不再有其他物件，浮于天空。不同的画，镶嵌在各种花纹的玻璃里。三间房子，隔着墙，墙是透的，正中是一画框，框里没有画，是空的，装的是另外两间房子的模样。最后的那堵墙，画框里放置了一面镜子。两面镜子各在一端，中间是空的画框，好一处美妙的错觉，虚虚实实，不断的镜像，实在的延伸。弗洛里安咖啡馆外面，是一长方形房间，中间有一架钢琴。每晚，两个帅得让人爱的小伙子，在这里表演，一位是钢琴家，一位是小提琴手。他们个子高挑，不瘦不胖，整个人浸淫在音乐的世界里，他们身体里生发出来的一切，是音乐的血液。你置身于艺术作品的那个年代。

坐下来。临海有窗。外面是木板走廊。偶尔有人走过。

289 海里，东南方向。

凌晨三点，星星照看着几千海里的海水。

一条船，一片树叶，漂在海上。

这里不是沙漠。

船靠近维拉港。

你在船舱里，听到阵阵欢呼声，开始没在意。声音越来越大。开门，你站在阳台上，很快反应过来，也跟着欢呼起来。挥手是永远友好的动作。岸上的当地人在向你们欢呼，船上的人在回应他们。

船靠岸了。

生命中有一种蓝，漂流在南太平洋的海上。

她只空中有。星星夜夜汇流成海，淹没整个夜空，躺在甲板上，你吓得一个字也说不出来。星云越来越亮，清清晰晰的。

你在西方，你在北方，你在南方，你在东方。

红花铺地，你想离开。

所有的都静穆不动，静沐其光。

这里几个大的酒店和商场都是中国人开的。

花的品种不多，但都艳丽；绿色植物，绿得饱满。

柏油路没有了，你们的车在土路上摇晃，两边出现很多无人看守的马：高大，健硕。

瓦努阿图，成了你灵魂的放养所。

你在马群里穿行，它们横着穿过树林。一大群马，从你右边走到左边。一大群马，站在远处的阳光里，偶尔有几匹马会看看奔跑的你们，有些继续低头吃草。

离上船时间还有四个小时。

如果不是司机提醒，你不相信这是城市的中心。这里没有繁华。有集市，水果出奇地硕大，一大串一大串的香蕉，根根肥硕。新鲜花生整整齐齐地扎成把。当地青年小伙，三五个聚在一起，每人手里拿一束，花生连着根，直接拽下来吃，坐在马路边上，边吃边看着你们。

南太平洋海域。东南方向。二十七度。

当地时间九点半，船到斐济的苏瓦。

昨晚又做梦了，梦里还是有一条鱼。地点在老家新挖的池塘边。梦里，池塘很小，四五平方米，你们像夹菜一样，把里面一小把紫菜夹起来。你弯腰，看见一条鱼，长了鳄鱼尾巴，皮肤光滑，青绿色。你没有看见它的脚，但你感觉到了，它的脚不长，你还感觉这家伙很有杀伤力。你要站在岸上的人往右边走，你告诉他，鱼往左边爬上来了。梦里有为了家族存亡、舍身就义的老奶奶，她经常穿着那件并不很灿烂的花衣裳。她经过你面前，你跪下，她蹲下来，你还是跪在地上，连磕了三个头，痛哭起来。你哭得很伤心。在现实中，那年，奶奶去世，你一个人回去了。离开新坟时，你跪在坟前，重重地磕了三个头，跪着的你一直在流泪。

一直流到海上的梦里。

其光灼灼。

人群散去，像刚举行完葬礼，仪式结束。

人群散去，太阳，升入天空。

沿岛一圈，半山腰上，富人区。

经过总统府，可以随便拍照。黑皮肤的壮硕卫兵二米一，大高个。持枪的卫兵正步走出来，严肃地走出来，站在门口，端庄大方地让大家合影。

女王住过的酒店，名为女王酒店。房屋建筑色彩艳丽。

在海边，妇女和孩子热情地帮你弄了点沙子。

男人为什么穿裙子？——男人穿的叫苏鲁，女人穿的才名为裙。

船上的一位老奶奶说："我和老公一起来的，平常他七点上班，晚上回家。这一次，我们天天在一起，我好像才开始了解他。"

你愿意这样孤独地待着，待在海上。一天一天，看海，感受海水把船摇晃。你只想坐在窗边，更近地看。今天是第几天，不重要。

又是三天连续的航海日。

她在梦中，接近你的耳朵，你听着。海风，吹过来一个岛，一些沙子，一些不多的海鸟，还有很多你之前没有见过的东西。之后呢，是天空的无边，无际。

海里一定有怪兽。

大集市里，只要目光相遇，他们就把微笑给你。几个男人围坐在一起，一个盘腿坐在上面，长胡子，招呼你们每一个人上去与他拍照，装作亲吻的样子，他轻轻地吻我们同行女孩子的脸。

另一个摊位上，一个小女孩，一个人站在蔬菜的后面。你弯腰致意，她含蓄地与你合影。

你离开了多久？好像很短，你回不去了。转身，已在海中，离国去乡两万里。

你把今天赠予这片海，赠予人类。你恨铁不成钢，你已经开始说自己不再有恨。

今天，你不想念父亲，也不担心母亲。听他们的声音从夜色里飘过来，穿过厚厚的云层——雨来了。

这是海洋性气候，雨说来就来。话刚出口，雨停了。其实——你所知道的，都是你所不知道的。你把这些文字送给女儿，你在海上一直想她。

你们都叫他王爷，王凤仪先生的后代。王善人说病治人、办女子学堂。你的老家有一本《王凤仪格言警句》。你与王爷心心相惜，每次谈话，从晚上十一点开始，三点多钟结束。你今天头又疼了，一周疼一次。王爷让你转个念，不是勉强和强迫自己去转，是整个身心就简单地转，与头疼交朋友，不是对抗、抗拒，而是接受。你是一名疼痛者。从疼痛的角度来想一些问题，在疼痛中处理问题。

帕皮提，民国时期翻译为大溪地，1949 年以后翻译成塔希提。

塔希提，高更的女人。这里是高更之地，高更走过的地方，见过的阳光，为你所膜拜和追随。高更疯狂地爱着这里疯狂的色彩和树林，他在这里看见了生死流变，包括那个叫命运的天使或魔鬼。高更的幸福更在于，他在这里看见了自己。你能不膜拜吗？生和死的房子，一长排创世纪的院子里，长满了夸张的植物，色彩夸张到你以为是艺术加工，你站在院子外面，看着院子和房子，看着周围的植物，高更就是一位超写实的画家。坐在小路旁边，你只想看看高更的女人，如何戴着风，披着光，生活在南太平洋的海岸上。高更的大溪地没有变化。

免税店！酒吧！平房一字排开，绿色饱满的植物，黄色涨满树枝，单纯饱满的笑容，房子前的男人、女人、孩子：创世纪与生死。你在高更的年龄，开始漂，四十岁，生命刚刚开始。

波拉波拉岛，大溪地。

水手是位帅小伙。你们看到船的时候，都惊呼了，是整个码头上最好最快的船。水手吹海螺，长长的三声，表示船要加速了，要大家注意安全。目的地泻湖，一个美丽到只有梦中才有的地方。船往大海里开，另一个方向在前面等着你们闯入。海上有房子，是住所。本不想下海，蓝得透明的海水，水里的鱼是彩色的，各种各样，有蝠鲼，圆圆的，你可以抚摸它们，给它们东西吃。这一天，是你多年以后，重回人间，你再一次感受到世间的快乐和疯狂。以后，你很难再回人间，你已经离开，你已经在离开。无论发生什么，你是到过海那边的人，你知道，生活的另一面有什么。

流浪的海水，家在天空。

云朵善念，你泪流满面。

是因为，你看到过悲壮的山河大地。漂泊的云，大朵大朵，行走于海面，灿烂开放，你祝福所有拥有爱的人。

面对大海，一天，两天，十天，无数天。

你面对大海，转身，面对另一个与自己对立的境地。

数万公里的寻找，竟然找不到一个一无所知的人。都是道德家、教育家、政治家、人类学家、神学家、拳师、营养学家、学者……你只想找到一位一无所知的人，只想找到一位淡漠的人，只想找到一位不说话的人，只想找到一位正在行动的人。

彩色珊瑚从海底爬上沙滩。

那个星相学家告诉你，根据星象，现在一切人只要敢想，只要去想，就会实现愿望。这话回答了你太多的疑惑，那么多突然的成功者，那么多突然的不可能而可能的人和事。

今天，你一直在想自己到底需要哪三样东西。

时刻带一面镜子在身旁，把破碎的事情，证明给自己看，给老天爷看。

天空和大地已经被破坏了。

大海，希望留一些宝贵的东西——蓝色的血，流淌在海洋的鱼群里。

努美阿，一个让你震惊的城市。

天、海、城。房子不高，每栋间距恰到好处，房子的线条，角度大小，房子的颜色，美到恰当。街道不宽，每一个弯道，都是美的，在海边。你想住下来，一切就应该是这样的存在。

越来越远。一个月，海水把你漂到南太平洋，漂过赤道，你还是一直很想她，你正在上中学的女儿。她是海洋里最深的那个海浪，水蓝得梦幻，晨光把整个天空和大海照得通彻无比，美到人虚弱。你画了很多条鱼，投向南太平洋，你相信这一群群彩色的鱼，在蓝的海水里，在梦里，会游到她的身边。她一个人回家、上学，一个人坐在教室里，她喜欢与同学打闹，那是孤独的另一面镜子。你知道她的一切孤独，知道她的一切美好和甜美。只是你不想告诉她，多年以来，能够坚持着走过黑暗地带的时间，就是因为有她，她就是那些照亮时间云彩的光，无论日出日落还是阴雨晴天，都被她照耀。零点是她的睡觉时间，六点二十是她的起床时间，会有一个小小的梦，浅浅地，不会打扰到她的睡眠，只是轻轻的一种植物的自然清香。这些她从未见过的鱼，会漂着、飞翔着、游着，去到她的梦里，问候她，祝福她，陪她一起玩耍。每天，你在十楼的甲板上散步，把祈祷和祝福送给她和爷爷奶奶，他们是你生命的两端。

周日，农历初四，阿洛陶。

在船上，大家就在说，这里治安很差，还有食人族。我们由小龙带队，登岛上岸，与当地个子较矮的一个女人和司机谈好路程。一辆几乎报废的车，不要说空调，门也坏了，关不上，露出里面的零件，像掏出自己的内脏给人看。车像散架一样地响，总有一个乐队跟在我们身后。

岛上，除了澳大利亚援建的一些小房子，甚至包括这些小房子，其实还不能叫小房子——就是简单的临时棚屋。整个村子都是一些原始的简易房屋，下面架空，上面一层住人，里面什么都没有，完全原始的一个岛。

开了近两个小时，路、桥，一半是铁板，坏了的地方，就补充一些横的木板，供两个车轮经过。下面是河。有些地方的桥，被稍微重一点的车压坏了，车子只能涉水而过，水里铺了几块废弃的水泥板。

岛、海和村子，风景好得让人窒息，我不敢呼吸，不相信这是真实的村子。

岛的左边有现代化的东西，酒店、超市，做生意的全部是中国福建人。有些三代人在此，孩子大了，就回老家找一个女孩，来这里继续经营。2005 年，一位华人在这里买地建房，价格十万元，使用期限一百年。十年后的今天，需要一百万才能买下这块地。

这里的男人，没有家产——用简单的树枝、树叶、草根编制搭建的房子，一楼的高度为半米。男人们总是手持长刀，走在槟榔树下，走在面包树下，随时把刀往上一挥，砍下自己想要的果子。

中午，在船上的餐厅吃饭，抬头见两条彩虹从海平面伸过来。

醒来，船停了。拉开窗帘，岛往两边延伸。

接近火山口，灰色，三角形。不断遇到黑色的鸟，海水都是热的。几座山上都是冷却的小石子。

每天在船上都会听到一句话：今天晚上上十楼看星星。

见到了大群的鸟，带着太阳的白光。

见到了飞鱼，贴着海面，扫起一路的小波浪。

我从一个岛航行到另一个岛。航海，曾经只是一个遥远的词语，从2016 年开始，成为我生命字典里的一个动词。

倾听·他者

与水更近一些

一些地方，因为某些不一样的人而被后来者不断朝圣。

我羡慕那些远行于大地上的知行合一者，他们用故乡的血滋养着自己，用生活中的坎坷，用身体来阅读陌生的、熟悉的大地。感谢他们用文字记录下这些，让我得以与他们深切交流，他们的身体力行成为我的泉水，滋养着我四分五裂的精神和干涸的心灵河流。

沈从文就是其中一位。

沈从文朴实至憨，他的文字是泥土随意捏出来的。土的气味把我从疯癫的奔跑中唤醒，让我止语，让我停止，让我倾听山在水里的声音、人在山里枯坐的声音、水绕山的绵长之音。

从 20 世纪 80 年代末开始，我一次次怀揣着沈从文的文字，行走在那山重水复的湘西，那里有繁杂的人群和静谧的丛山。

我出生于湖南，在湖南生活、工作的二十多年里，湘西的大小河流和重重叠叠的群山，那些隐藏于树林和灌木里的小路，我每年都会有不同的机会去游历。那个时候的我，整个身体和心理都处于警觉状态，没有放松过，肩膀、腰、头、颈、膝盖、脚趾等部位都紧绷着，应对各种人和事，没有轻松随意地面对大自然，也就无法如水般流淌在沈从文的波澜之地，去感受和呼吸他生命的混合之音。

来北京后，我经常打开《湘西散记》《长河》《从文自传》，那片我曾经游历过的土地，在文字的召唤下，在我的身体里渐渐地醒过来，一点点，直至蓬勃而具有生机。神奇的土地复活了我的记忆，让我无数次醉行其间。

虽久居城市，但一幅幅画面固执地停留在我的头脑里：迂回百转的沅水，两岸丛山之中，三人撑舟而行，沈从文先生在船上，观村看景，更多的是感慨时态，记忆中的灯火，围柴火而坐的闲谈，火光照亮的那些人影和脸……

一

1932 年秋天，沈从文在上海的一位朋友策划了一套"自传"性质的图书，沈从文也愿意"写点我在这地面上二十年所过的日子，所见的人物，所听的声音，所嗅的气味，也就是说我真真实实所受的人生教育"。

1902 年，沈从文出生在湘西凤凰小城的军人家庭里。童年的沈从文，看到了闲散的湘西，也看到了生死的、暴烈的湘西。

沈从文提到的"一本小书"，指的是教室里的、私塾老师的教育。而湘西的集市、下雨的天空、流水的小溪、各种各样的手艺人，才是沈从文最喜欢读的那本大书。

沈从文一直在认真读的，是社会的这本书。

《从文自传》帷幕拉开，湘西故事开始。

过往的湘西，沈从文一点点地用文字描摹在舞台上。

沈从文说，湘西"兵卒纯善如平民，与人无侮无扰。农民勇敢而安分，且莫不敬神守法。商人各负担了花纱同货物，洒脱单独向深山中村庄走去，与平民作有无交易，谋取什一之利。地方统治者分数种：最上为天神，其次为官，又其次才为村长同执行巫术的神的侍奉者。人人洁身信神，守法爱官"。

这就是平常时期的湘西。而在辛亥革命那一章，沈从文写的是，"无处不是人头。从城边取回的几架云梯，全用新竹子作成。云梯木棍上也悬挂许多人头，看到这些东西我实在稀奇。我不明白为什么要杀那么多人……"还有很多非人的生活经历，像在地狱里发生的事在沈从文的眼皮子底下发生。

血腥的后面，深藏着沈从文那颗颤抖的爱心，他爱着劳苦大众和一切泡在苦难中的人，还有幸福的人。沈从文把过去的恐怖写出来，是不愿意再发生这样的事情。他说，只要自己稍微不小心，就早已成为刀枪下的无名鬼。

战乱发生了，而老百姓的生活得继续过。沈从文还是在学校读书，但他还是继续喜欢读他社会的这门大课。大课的内容五花八门，邀上几个人在棺材潭泡一整天，从水底的石头下面把鱼捉了，在河滩上烧着吃。

大课最热闹的地方当然是苗场的集上，看卖牛的人讨价还钱、大猪小猪的不同卖法，看到赌场上的那些乡下人一只手抖抖地下注，还有"到卖山货处去，用手摸摸那些豹子、老虎的皮毛，且听听他们谈到猎取这野物的种种经验。又到卖鸡处去，欣赏欣赏那些大鸡、小鸡，我们皆知道什么鸡战斗时厉害，什么鸡生蛋极多"。

去场上的路上，会看到各种水碾、水车。

沈从文说："总而言之，这样玩一次，就只一次，也似乎比读半年书还有益处。"

十五岁，沈从文离开凤凰，告别了家人。去哪里？他不知道。

首先是随军游荡，后来进了剿匪的部队，做书记员，在湘西边地过着野蛮的生活。在湘西的河流、沟壑、丛林、庙宇里住宿、行军，像一只幼狼混迹在觅食的群狼中，一路见证了无数生死。

湘西人的生活，与夜晚的星星一样，沈从文一个个地辨认着、熟悉着、品味着。

湘西人好武喜勇，认为读书写字是件神圣的事情。行军打游击的动荡年岁里，军队到哪里，沈从文都在读书、写毛笔字。沈从文"自己背了小小包袱就上路了……有一本值六块钱的《云麾碑》，值五块钱的褚遂良所书的《圣教序》，值两块钱的《兰亭序》，值五块钱的《虞世南夫子庙堂碑》，还有一部《李义山诗集》……这份产业现在说来，依然是很动人的"。

沈从文背着这些东西在湘、贵、川边境到处走，也是在这几年的路上，沈从文对那些木头编成的渡筏、湘西女孩的羞涩和大方，有了很深的印象，后来写《边城》中的渡船、筏子，还有翠翠，一切就很轻松了。

很多事情是长期以来的习惯养成的，沈从文说自己后来能在桌子边一坐就是八个钟头的原因，是他青年时期锻炼出来的——部队里其余的人都上床睡觉了，他还得细心地用《曹娥碑》字体抄录着公文或报告。

湘西人讲情分，一流的血性。沈从文写到一位熟悉的小头目："女人既已死去，这弁目躺在床上约一礼拜左右，一句空话不说，一点儿东西不吃，大家都怕他，也不敢去撩他。到后忽然起了床，又和往常一样活泼豪放了。他走到我房中来看我，一见我就说：'兄弟，我运气真不好！夭妹为我死的，我哭了七天，现在好了。'当时看他样子实在又好笑又可怜。我什么话也不好说，只同他捏着手，相对微笑了一会儿。"

二

《从文自传》中，沈从文断断续续地写到一个人，并对他充满了感激之情。

"我在那个治军有方的统领官身边做书记了……那指挥官虽自行伍出身，一派文雅的风度，却使人看不出他的本来面目，笔下既异常敏捷，做事又富有经验。"

这个统领官就是湘西人中另一种典型的精神元素代表——陈渠珍，人称"湘西王"。

湘西王陈渠珍、民国总理熊希龄、作家沈从文，并称为"湘西凤凰三杰"。

凤凰人尚武，湘西凤凰古名为镇筸，因地名，军队被称为"筸军"。从清中叶到平复太平天国和抗日战争，筸军都有着各种卓越的战绩，不仅勇，而且有谋有义。

早年的陈渠珍在湘西镇守使田应诏手下当参谋，没实权，常被一些人拿来开玩笑。有一次，某位军政长官又在酒桌上戏说陈渠珍。湘西人陈渠珍冲上去，当场揪住这位上司，拳打脚踢，一顿暴揍。

陈渠珍只得离开湘西，投奔朋友而去。

后来还是田应诏出面平息了这件事，陈渠珍才重新回到军营。

陈渠珍带领筸军在湘西二十多年，筸军不仅团结，而且在湘西百姓中间博得了很好的声誉，用沈从文的话说："内部团结得如一片坚硬的铁，一束不可分离的丝。"

身处乱世，陈渠珍无心问鼎天下，他只想保境安民，让湘西底层百姓们平安生活。

生活中，有那么多的巧合让人惊叹。在沈从文三十一岁时创作的这部自传里，写到自己与陈渠珍相关的几行文字的内容，竟然很意外地与沈从文以后的发展方向如此一致：从文学创造到文物研究。

"原来这房中放了四五个大楠木橱柜，大橱里约有百来轴自宋及明清的旧画，与几十件铜器及古瓷，还有十来箱书籍，一大批碑帖，不多久且来了一部《四部丛刊》。这统领官既是个以王守仁、曾国藩自许的军人……旧画与古董登记时，我又得知道这一幅画的人名时代同他当时的地位，或器物名称同它的用处。由于应用，我同时就学会了许多知识。又由于习染，我成天翻来翻去，把那些旧书大部分也慢慢地看懂了。"

　　沈从文还写到陈渠珍的个人修养。每天，天没亮，陈渠珍就起床，半夜也不睡，他有很天真浪漫的一面，好的事情，就去学，处理起事情来总是干净、精准、稳重。

　　沈从文的好朋友因为疏忽，被河水的洄流卷走了，从河里捞起他的尸体，沈从文"发生了对自己的疑问。我病死或淹死或到外边去饿死，有什么不同？若前些日子病死了，连许多没有看过的东西都不能见到，许多不曾到过的地方也无从走去，真无意思"。

　　五年的军队生活，湘西的二十八个县，沈从文都走了个遍，在这里如果被流弹打死，不如去多见些世面和新鲜的东西。

　　沈从文想去北京，想去读书。他把自己的这些想法告诉了他的最高长官陈渠珍。

　　"感谢他，尽我拿了三个月的薪水以外，还给了我一种鼓励。"陈渠珍还说，你进了学校，这里可以给你寄钱，情况不好，想回来就回来，"这里仍然有你吃饭的地方"。

　　沈从文到军需处取了钱，带着陈渠珍给他的无限勇气，到了北京，这一年沈从文二十岁。《从文自传》也就在沈从文到北京的第一天结束了："便开始进到一个使我永远无从毕业的学校，来学那课永远学不尽的人生了。"

三

　　1934 年冬天，母亲病重，沈从文从北京回湖南，乘车到达武陵，即现在的湖南常德。在河边码头，他租了一条小船，沿着屈原和陶渊明曾走过的沅水溯流而上。沅江，承载了沈从文太多曾经的生活。他在自传里写的那二十年，几乎都与沅江相关。

沈从文从一位二流、三流作家，突然成为一位顶级作家、学者，转折点就是沈从文在沅江坐船回家，在船上写的文字，沈从文的作品变得性灵万般，一个一个的文字被一颗一颗的水珠浸染、烘托。

沅江，船上的二十多天里，沈从文每天以书信的形式，告诉新婚的妻子张兆和，他在千里沅水及支流上看到了什么，听到了什么，又想起了什么过往之事。他随性地与张兆和叙说着当时的心境。沈从文也知道，信到张兆和手上的时间，最快也在十天之后，所以文字隐约之中多了一种自语的成分，想念着妻子，喜欢着这些山山水水，与曾经熟悉的人见了面，有的只有惊叹。船上虽有流动的、重叠的千山万水，但更多的还是作者的孤独和寂寞。

第一封信，沈从文写道："我一个人在船上，看什么总想到你。"信写完了，落了款，写了时间，结束了，但沈从文还是想把新鲜的事告诉最爱的人。他看到路边贴了张纸，他把纸上的文字抄录在信的后面：

> 在路上我看到个帖子很有趣：立招字人钟汉福，家住白洋河文昌阁大松树下右边，今因走失贤媳一枚，年十三岁，名曰金翠，短脸大口，一齿凸出，去向不明。若有人寻找弄回者，赏光洋二元，大树为证，决不吃言。谨白。

沈从文加了个说明：我一个字不改写下来给你瞧瞧，这人若多读些书，一定是个大作家。

这就是湘西人：抄录纸条的沈从文、写纸条和看纸条的。

一月十三日，沈从文在河流的寒冷中，感受到湘西的细节和盈动，用好看的字写下"三三专利读物"。

河流是湘西连接外界最快捷的方式，河流的生活是湘西人生活的主要章节。

沈从文在信里，写到一个小水手：

> 三三，又上了个滩。不幸得很……差点儿淹坏了一个小孩子，经验太少，力量不够，下篙不稳，结果一下子为篙子弹到水中去了。幸好一个年长水手把他从水中拉起，船也侧着进了不少的水。小孩子被人从水中拉起来后，抱着桅子荷荷的哭，看到他那样子真有使人说不出的同情。这小孩就是我上次提到一毛钱一天的候补水手。
>
> 这时已两点四十五分，我的小船在一个滩上挣扎，一连上了五次皆被急流冲下，船头全是水，只好过河从另一方拉上去。船过河时，从白浪里钻过，篷上也沾了浪。但不要为我着急……这时船已泊在滩下等待力量的恢复，再向白浪里弄去。

水手们长年在这条河上走，被水卷走是常有的事情。

沈从文还把湘西画在信纸上，邮寄给张兆和。这些信件作者生前都没有公开发表，1991 年，才编辑成我们今天能够看到的《湘行书简》。每个字写的都是湘西，每个字都朝向爱着的人。

我去湘西，都带着这本书，书里的那些声音和颜色，其实都在的，只是我们要走得更深一点，走得更远一点，与水更近一些，才能感受到沈从文临摹出的湘西的样子。

四

沈从文在写给张兆和这些信件的基础上改写和梳理成一部系列散文

集《湘行散记》，1936 年出版，成为现代散文名作，由十一篇作品构成。沈从文写了湘西各种各样的底层人、流浪的军人，各种生存着的女人。满纸皆是爱，满纸的河流，河流两岸的人家，河流上的湘西故事。

沈从文的作品是立体的，不是单纯的游记和风情，有他自己的影子，有回来数十年的自己的、他人的生活经历，有湘西特有的人文情境，语言也是湘西的味道，不是纯正的普通话。他笔下的那些水是轻灵的，山是重的，生长着枝繁叶茂的古树。

《湘行散记》头篇是《一个戴水獭皮帽子的朋友》。

湘西是沈从文的故乡，常德亦属于大湘西概念之中。20 世纪 20 年代初，沈从文离乡出走，十多年后再返故里，旧时的那些人与往事，一一重现于激情的现在。

每一篇作品中，基本都有一位个性鲜明的与他有过数次交往的朋友，出现在他触手可及的视野中，或者是可视的虚空之间。

沈从文由常德去桃源坐船之前，坐的是一辆公共汽车，由一位戴水獭皮帽子的朋友陪着。这是位懂人情而有趣味的朋友，对画有些了解，他是专程来陪沈从文走这一段陆路的。

沈从文用文字随意地营造着或空旷或幽暗的时空，荡荡回回，从现在的公共汽车，回到十三年前的那个小镇。

沈从文在这位朋友的帮助下，在桃源河街附近的船码头上，与人讲好价格，船总写好了保单，一切就绪，第二天就出发，开始他的船上生活。每个时代各有自己的规矩行市和路数。

因为我太执迷于沈从文的语言和他所写的作品，无数次梦想着跟随沈从文的文字去他曾经到过的任何一个地方，用文字回应他，告诉他，三五十年后湘西的模样。

《湘行散记》的魅力，船，成为我用行动跟随沈从文的方式之一。坐船，随他的文字走一遭。从河流到城镇，沈从文在湖南飘荡、游历所经之地，我都绘成了地图，试图租船重游。回去了几次，打听到河道上建了几个水坝，修建了几个水电站，沈从文亲历过的几个小镇、山水码头和风景，如青浪滩、寡妇滩等诸多村镇、风景都已经沉没于水库深处，有些地方船已不能通过。

遗憾、沉痛，但我依旧深爱这条河流，这是一条诗歌的河流。屈原曾生活于这河边，也曾乘舟于这沅水之上，河声也回响在《楚辞》里。沈从文在《湘行散记》的《桃源与沅州》篇中写道：

> 在这条河里，在这种小船上做乘客，最先见于记载的一人，应当是那疯疯癫癫的楚逐臣屈原……估想他当年或许就坐了这种小船，溯流而上，到过出产香草香花的沅州。

陶渊明的退隐，也在这条河流上。

沈从文以写流浪军人、湘西底层劳动人，以及求生存的女人为主，写花草不多，而在这里有一小段对香草香花细致入微灵动的描写："长叶飘拂，花朵下垂成一串，风致楚楚。"文字一改那种"土"和质朴，而以细微、雅致亮相。

在那些土得掉渣的文字里，文化的厚重与轻灵浑然一体，尤为重要的是作为作家的思考和反省不动声色地融于其中，农民抗争的鲜血，杂草的湮没，四十多位牺牲者被抛入屈原所称道的河流中，这一切，被流动的水永远封存。沈从文说，本地人大致把这件事也慢慢忘掉了。

作家不玩文字，作家的眼睛应当明亮，暗而复明，黑而复亮，循环着的，不当只沉迷于山水的险奇峻峭。沈从文的深度和激情深含于文字中，不外露。

船到沅州，水手们上岸买些烟丝，对话和场景，都真实可摸。

从文先生喜欢这些底层活生生的水手和生意人，底层生活的丰富性，远胜于那些编造的戏剧效果。

在《鸭窠围的夜》中，沈从文的船已经在沅江上行了五天。

下雪了，南方的冬天寒冷彻骨，何况是在河上航行，冷的程度，可想而知。如果是我走这条水路，万不会是冬天去的。夏天再热，因为有水上的凉风，倒是另有种享受的。

在冬天的河流上行进，做生意的、运货物的、接送客人的船，冷的夜，让水手更加孤独。大大小小三四只船，拥挤着停泊，到这样一个有人情味的小镇码头，水手们纷纷上岸去烤烤火。那些屋子里的主人，也是有背景和历史的，有退伍的军人，有运气不好的老水手，等等。

那时的烤火，是典型的南方乡里的方式。

我很小的时候，家里就是这样烤火的。在屋子中间浅浅地刨一个小坑，在上面架些树根、树块，柴火的温度远胜过所有的取暖方式。乡里人常说，柴火温度上身快，可以驱除湿气。

沈从文的过人之处在于：突然之间，在虚实的场景中，把一个人、一群人，更多的是一代人、一类人的不可思议的生死和生存环境细细地梳理成章。这些烤火屋里的主人不会有名字，河两边码头镇里的人们也没有名字，但成百个不同人物的命运都会浮现出来。

文章中写到一些美丽的有想法的女孩，因怀上外乡人的孩子而被沉潭。这事件发生的过程中，审判的族长、围观态的乡人、推她下潭的人，都是主角，让人说不出一句话，只有看和沉重的份。

我们再回到这烤火的屋子，沈从文写到了一些小细节，屋子的木板墙壁上，会有大大小小、红红白白的军人、团总、催租吏、木排商人等头衔的名片，我想到现在一些酒吧，也有名片和随意的签名留言。

沈从文也经常上岸，坐在烧起来的这些火旁边，与水手和生意人们聊天。

《一九三四年一月十八》，这是唯一一篇以时间为标题的作品。因为这天，船将到达沈从文充满了浓郁感情的辰州。

他在离辰州约有三十里水路的船上醒来，他是被一个极熟悉的声音喊醒的。人醒了，那声音还在耳边，原来是辰州的河水，足见辰州在沈从文心中的分量。

他写到一条搁浅的船上的水手，跳进水中，试图用肩之力让船离开沙滩，但浪咆哮着卷走了水手，其他人在岸上追几步，人便不见了，一个生命在河水中消失，于水手而言，这是常事，因为太平常，而震撼人。这样的险滩与长长的激流，较多。

船过了滩和激流，到了平缓的辰溪河段，沈从文坐在日光里，他离开辰州十多年，这是他的第二故乡。

河岸上有弯腰拉船的人，他们与历史好像没有关系。

沈从文熟悉辰州街上的每一个店铺。他从东门进城，见到了一个很了不起的人："虎雏……八岁时他就因为用石块砸死了人逃出家乡，做过玩龙头宝的助手，做过土匪，做过采茶人，当过兵。到上海发生了那件事情后，这六年中又是从一切想象不到的生活里，转到我军官兄弟手边来作一名'副爷'……我哥哥却回答得很妙，'了不起的人吗？这里比他了不起的人多着哪'。"

这就是很多湘西人的成长史。

沈从文温暖地爱着这条河里的船和船里的人，那些日夜流着的水，和沉于水中的小石子，还是那样细碎。他的开悟和智慧，都源于这里。

沈从文写的就是他的生活，生活中就有那么巧的事情。

这一天，沈从文的船全部在上滩，他欣赏着船舷边奔涌的白浪。下午，船在一个叫杨家岨的地方停靠，这里不像其他地方停靠的船多，好像就他们一条船，沈从文有些担心船上的水手下黑手把自己给黑了。不久，后面来了一条邮船，沈从文与上面的一位小伙子认识了，一起上岸，到一人家烤火，突然进来一位让沈从文惊艳的妇人，名为夭夭。夭夭打听着牛保的消息，也对沈从文这位京城里的人有些羡慕。牛保，正是沈从文才认识的一位水手。

沈从文把生活中的杂质在文字的河中洗涤掉，留些相关联的事件，用文字串起来，就有那么巧的事，而远比那些发生在影视里的喜剧效果来得有趣。其实我们的生活就是这样的，只是被太多的琐事所遮蔽。

沈从文用几百字描写夭夭这位妇人，一个水灵灵的夭夭就落在纸上，尤其夭夭在文章结尾唱的那首《十想郎》，是唱给谁听的呢？给牛保？还是给沈从文？或者是天性的爱唱和打闹而已！

十天了，沈从文一直坐船而上，他也比较集中地写了这些将与他共同度过二十多天的水手。他了解到那年龄较大的掌舵者是八分钱一天，拦头的水手是一角三分一天，那个学徒小伙计一分二厘一天。这条河上有十多万人在过这样的日子，可以想象那时的沅江以及两岸是何等繁华。

沈从文的丰富在于他进入了身边人的世界，从水手和伙计们的过去，到现在的憨实和小聪明，读来生动。

在船舱里，我与沈从文一起等着黄昏的到来，触及伤感的向晚，看阳光幽淡。没有辰河上的奇异光彩，没有人生的沉浮颠覆，就不会有《九歌》的惊魂。同样，没有质朴的水手和吊脚楼里的乡亲和妇人，也就没有沈从文那波澜不惊的《湘西散记》。

十二月七号，沈从文来到他十五年以前来过的箱子岩，那些曾经的记忆，依旧萦绕于树林和丛山之中。看着那些刚下水的船，沈从文请水手们把船停泊在十五年前待过的地方，在一家小饭铺里，他与一群乡下人一起烤火，谈他们的生活。湖南南边的"小饭铺"，是指那些可以吃点饭的地方，只卖点小小的生活用品，如小酒、小烟、盐和味精的小店子，有些也指可以住宿的地方。共同点是，来往的人多为附近乡邻，经过这里喝喝茶、聊聊天、烤烤火、说说闲话，顺便买点家里需要的小东西。这样的小饭铺，遍布湘西各个小小的交通点，基本是不会有外地人的。人们坐在一起，每次都会不约而同地谈到某一件事，或以一个人为主要话题，所有的褒和贬，都不是恶意的，最多的是在调侃中带些羡慕和批判。乡村的很多道德也是这里的一些强势人说出来的。这个时候，沈从文才感觉到自己是真真切切地回来了。

沈从文在小饭铺里看到了跛脚什长，这是村子里一位灵魂性人物，战争、残疾、生意、倒卖、烟、追姑娘，都是他的关键词。沈从文在跛脚什长的亲历中，用湘西的口语写活了一个个湘西大山里的人，似小说，而不是；似传奇，也不是，都是生活中的大活人，真真实实。沈从文深切的感情浓郁地怀抱着湘西的绿色。

政治、军阀、反抗、民风，沈从文一一写到。

在之后创作的长篇小说《长河》的"题记"中，沈从文说自己的船一入辰河，就感觉到一切变了，一切在变化中堕落，山里人正直朴素的人情味几近消逝，人们的敬畏之心随着破鬼神的动作而消亡，现代的文明肤浅地在这里如码头的垃圾，漂浮于水面。也有一些公子哥花着祖宗的钱，在外面游乐，享受现实的腐朽部分。深刻的思想和学习，是没有的。

批判中更多的是痛惜。

五

"对于农人与士兵，怀了不可言说的温爱，这点感情在我一切作品中，随处都可以看出。我从不隐讳这点感情。我生长于作品中所写到的那类小乡城，我的祖父，父亲，以及兄弟，全列身军籍。"

湘西文化更多地蕴藏在这种农人和士兵的关系中，他们互相混杂冲突，又融于一体。这些生活从小就激荡在沈从文的生命里，他坐过各种渡船，见过各种人家，看到过各种湘西女孩。沈从文与老大爷、青年小伙一起游荡过大湘西，如此这般，才有了沈从文的经典作品《边城》。读者熟悉沈从文，大部分也是从读这部作品开始的。

"由四川过湖南去，靠东有一条官路。这官路将近湘西边境。到了一个地方名为'茶峒'的小山城时，有一小溪，溪边有座白色小塔，塔下住了一户单独的人家。这人家只一个老人，一个女孩子，一只黄狗。"

"翠翠"就是这个女孩，这就是湘西翠翠的家。

这是一篇可以反复读的作品，湘西人的味道全部在这篇作品里，那些字就像植物，像水雾一样，幻化出湘西人的性格。

湘西人，或者说湖南人，心的最深处是孤独的。孤独的人喜欢水和酒，沈从文说，"我学会用小小脑子去思索一切，全亏得是水，我对于宇宙认识得深一点，也亏得是水"。生活和思想都从孤独中来，"我的教育，也是从孤独中得来的。然而这点孤独，与水不能分开"。

沈从文的大部分文学作品，都与水相关。

《湘西》是一部具有较高文学成就和社会学成就的作品，如果不是沈从文的忘年交龙冬提醒我，估计这部作品会被我错过。

《湘西》是沈从文用文字描摹出来的一幅性灵的工笔画，沅水流域湘西人的生活，在沈从文手下以文献的形式出现，是经过认真的考据调查而得来。我在读沈从文的孙女沈红关于石门坎教育内容的作品时，我看到了沈从文血液里的学术精神和文学审美已经完整地流淌在后辈的身体里。

《湘西》有一个副标题——"沅水流域识小录"。

沈从文说，因为湘西包括的范围甚宽，接近鄂西的桑植、大庸、慈利、临澧各县应当在内，接近湘南的武冈、安化、绥宁、通道各县也可以在内，不过一般记载说起湘西时，常常不免以沅水流域各县作主体。

写这篇文章，沈从文想让旅行者对真实的湘西有一个了解，他采取的形式就是沿湘黔公路而行，把所见、所想、所思写出来。

他在引子里写道："由长沙到武陵，还得坐车大半天！……让我们在车站旁小旅馆放下行李，过河先看看武陵。"

沅江上各种各样的船，沈从文用文学的语言表达着人类学家想表达的内容。

湘西人会喝酒打牌，豪爽大方，吃花酒应酬时，大把银元钞票从抱肚掏出，毫不吝啬，水手多强壮勇敢。

写船当然要写河，写河里的滩，就要写商铺、岸上的庙。沈从文的各种考证，一点都不含糊。

在这里，沈从文假设了一个外省人，按照旅行者的行程和视角来写湘西。

车到沅陵，引起我们注意处，是车站边挑的、抬的、负荷的、推挽的，全是女子。

《沅陵的人》写了各种人，写生活在沅陵里的奇人怪人，不是枯燥的数据，是一个个奇异的故事。

六

"城的一半在起伏的小山坡上，这里有峡谷、森林、草地，还有一座大桥，小街上卖着奇奇怪怪的东西，城里多清泉。"

这是黄永玉在《沈从文与我》的作品里，对凤凰小城的描写。

1924 年，黄永玉出生在湖南常德，半岁不到，就随父母回到湘西凤凰老家。

黄永玉的爸爸是县里男小学校长，母亲是女学校校长。

黄永玉曾经在凤凰县文昌阁小学读过书，用他自己的话说，"拼拼凑凑上了八年半的学"。

黄永玉十二岁离开湘西之后，才觉得凤凰县城实在太小了，黄永玉觉得"它就应该是那么小，那么精致而严密，那么结实"。他经常回去，湘西山水在不同的层面上展开时的美，呼应着湘西人血液里的记忆，艺术家黄永玉就把这种种感受用色彩、物质、文字表现出来。

黄永玉最早流浪的地方是福建德化山区山城，在小瓷器厂做小工，给三餐饭就很知足了，没想到工钱的事。

有一次老板看黄永玉的头发实在太乱了，就给了他一点钱去剪头发。黄永玉却冲着沈从文的名字，买了本《昆明冬景》。黄永玉回忆说，当时只记得屋子里跳蚤很多，图书是没有看明白的。

在这遥远的山城里，黄永玉与三个同龄青年住在临街一间灶房的黑楼上，四个人一起自学木刻。分开后，另外的三个人由于各种原因都早早地去世了。

黄永玉后来被一好心人家收养，住在他们的书房里，他就贪婪地读书，并开始接受新家人的善导。新的家人很有方法地引导黄永玉读了《世界史纲》等大量历史文化著作，让一本书成为另一本的基础，阅读和学习就成了一条河流。从这条河里，他了解到更多人的心，更多人的情感，还可以看见别人的生活，他不再是那个只见过沈从文而读不懂沈从文作品的人。

黄永玉也因此相信了人是可以创造奇迹的，他的从文表叔小学没有毕业，就成了大作家。

无论流浪，还是随军，还是下放，沈从文和黄永玉走到哪里，读书、写字到哪里，他们都对陌生的事情充满了好奇心，这是他们的共同点，也是让他们的才能恣意发挥出来的必要条件。

1946 年，黄永玉和张梅溪结婚，两人是 1942 年认识的。

后来到了上海，黄永玉把木刻作品给前辈，前辈们就把自己的钱提前给黄永玉。无论是当时还是现在，黄永玉知道那些作品有太多的不足，也知道这是前辈对自己的鼓励和帮助。很多作品里，黄永玉都诚恳地写到那些帮助过他的先生。

黄永玉说："我一生有什么收获和心得的话，那么，一是碰到许许多多的好人，二是在颠沛的生活中一直靠书本支持信念。"

黄永玉个子不大，上海的一位先生在一篇文章里写黄永玉："大上海这么大，黄永玉这么小。"

郁达夫第一次见沈从文也说："哎呀……你就是沈从文……你原来这么小。"

1953 年黄永玉到北京。一进北京，这湘西人就说："北京，我来征服你啦。"

而当年沈从文从湘西直接到北京，是懵懂着进的胡同，不要说征服，当时他连自己如何活下去都不知道，只知道来读书，至于怎么读，也不知道。

黄永玉每次面对生活中的沈从文，就在心里想，是"什么力量使他把湘西山民的朴素情操保持得这么顽强，真是难以相信，对他自己却早已习以为常"。

其实，这句话用在黄永玉自己身上，也是可以的。

黄永玉说沈从文："该有足够的钱去买一套四合院的住屋了，没有；他只是把一些钱买古董文物，一下子玉器，一下子宋元旧锦、明式家具……买成习惯，送也成习惯，全搬到一些博物馆和图书馆去。有时连收条也没打一个。人知道他无所谓，索性捐赠者的姓名也省却了。"

这是湘西人的性格，只是黄永玉表现得很外向，多了些狂放不羁，而沈从文更多的是沉淀和不计较。

湘西地远山偏，与世道较远，人浸在里，自然会被山水改变，世世代代，血液和气质肯定与平原、丘陵人群是不一样的。

对于湘西山水，黄永玉喜欢提到沈从文说的一句话："美，总不免有时叫人伤心……"

大山、湍流的美，莫不如此。

沈从文、黄永玉大部分作品，时时散发着漂泊流浪的乡愁，有湘西人的倔强、刁蛮，但他们的内心永远是轻盈的、自由的，是浪漫的，是抒情的文人情调。黄永玉说：

> 从文表叔许许多多回忆，都像是用花朵装点过的，充满了友谊的芬芳。他不像我，我永远学不像他，我有时用很大的感情去咒骂、去痛恨一些混蛋。他是非分明，有泾渭，但更多的是容忍和原谅。所以他能写那么好的小说。我不行，忿怒起来，连稿纸也撕了，扔在地上践踏也不解气。但我们都是故乡水土养大的子弟。
>
> 到外头，人家认为湖南人是蛮子，其实，湘西人更蛮，蛮子中的精华，我也就是依靠这一点工作和生活……是水土关系，湘西蛮子就是如此。

湘西思维中，有两点很重要——蛮和认真，这也是沈从文反复说的"做事要耐得烦"。

《新观察》杂志请黄永玉赶刻一幅木刻作品，年轻的黄永玉一个晚上就交了作业。杂志出来了，沈从文专门来找黄永玉，直接地、狠狠地批评他说："你看看，这像什么？怎么能够这样浪费生命？你已经三十岁了。没有想象，没有技巧，看不到工作的庄严！准备就这样下去？……好，我走了……"

之后几十年，直到老，到现在，黄永玉一直都记得这些话。

黄永玉从写实的木刻，到狂放的着色水墨、抽象的夸张，到具有民族色彩的大小作品，湘西大山水、小物件，苗族、土家族等各族人物生活，花鸟虫鱼、神鬼异兽的可爱和妖魅，他都画，一本正经的、胡作非为的、诙谐有趣的，每一笔都是黄永玉的味道。

掩饰不住作品的绚丽飞扬，其中灿烂的气质，也像屈原的《楚辞》。

在展览上、在画册上遇到黄永玉的《墨菊》，每次我都会停下来，久久地看上一会儿，像站在湘西的大地上，听暮色下的夜风从那边的山上下来，淹过河流，淹过农家，在淡淡的夜色中浮现出来的叶子，长在菊花周围。天光只照耀着菊花的线条，白色的光是菊花的生命力，冲涌着，在夜色里，开白色的花，率意奔放。灰色侵染的纸上，黄永玉的字，像滴落的夜，变成行走的人，这是湘西夜晚里最重要的一种情境，也是湘西思维里的一种主要颜色。

黄永玉痴爱荷花，人称"荷痴"。

　　　"过去，故乡有一种叫作'大戏'的戏剧，在野地和广场演出，上万人看，甚至还有周围几个县和边境以外的邻省的人赶来凑这个热闹……在七月的大太阳下，台上台下一气呵成，从没有给人留下松场和稀落的记录。"

这就是技巧，是艺术的魅力。还有每年年底的"完傩愿"，台上台下的人，打成一片，混为一体的演出。

在写长篇作品、画长卷和系列作品的时候，黄永玉都会想到这些。

　　黄永玉很多短章和小品是随性的，也更能表现湘西思维的独特性，黄裳就特别喜欢读黄永玉的那些短文。而《无愁河的浪荡汉子》是黄永玉有意识地想表达湘西思维的一部多卷部的长篇系列作品。1945年，黄永玉动笔写过这小说，但没写完，到八十多岁，才又开始继续写。完成的第一部《朱雀城》，写的是黄永玉十二岁前在湘西凤凰的生活，通过湘西的政治、经济、文化、军事中心朱雀城中社会各层面的人物、重大事件，构建出古城的生活长卷。第二部是抗战中的黄永玉，解放后的内容算第三部。

　　黄永玉说，文学上我依靠永不枯竭的古老的故乡思维在创作。我把他的故乡思维改为湘西思维。因为湘西山偏、水远、地深。我喜欢张承志送给我的一句话"人心重于山水"。

　　沈从文的湘西思维让他有了《边城》和大量物质文化史的研究作品。

　　黄永玉把湘西思维泼在色彩、闲散的文字和生活中。

　　黄永玉和沈从文的湘西思维都是湘西口气、湘西事情。

　　黄永玉在1979年的最后一天，写过一段话，那话的底色是如此忧伤，致使我读到之后，就没有忘记过。"恰好就把我们这两代表亲拴在一根小小的文化绳子上，像两只可笑的蚂蚱，在崎岖的道路上作着一种逗人的跳跃。我们那个小小山城，不知由于什么原因，常常令孩子们产生奔赴他乡献身的幻想。从历史角度看来，这既不协调且充满悲凉，以致表叔和我都是在十二三岁时背着小小包袱，顺着小河，穿过洞庭去'翻阅另一本大书'的。"

七

　　2000年，我认识的田耳正在湘西土家族苗族自治州首府吉首文艺路的家电商场一边卖空调，一边写着小说。他如果认真地谋生活，卖空调这行当还是可以赚钱的，但六七月的大热天，在空调最好销的几个月里，田耳大把时间是关着店，自己窝在二楼阁楼里写小说。故事不写出来，他就不舒坦。

我当时在湖南一家杂志做临时编辑。我读到田耳的作品，从第一天开始，整个人像发着烧，我太喜欢他的作品了。

田耳 1976 年出生，除了卖空调，他还养过斗鸡，当过小报编辑，在派出所写过宣传材料。

田耳的写作时间和卖空调的时间都是从 1999 年开始的，空调店只维持了两年，而写作一直到现在还在继续着。后来，他凭借那几篇折磨我的作品，成为最年轻的鲁迅文学奖得主。

田耳讲得最好的还是他的湘西故事。

李敬泽说："田耳的世界在此初具规模，获得了某种整体性——它的地理、气候、风俗、政治和它的戏剧、它的神灵。"他还认为，田耳的《衣钵》中有着沈从文式的乡土中国之乡愁。

田耳是一个固执的叙述者，与沈从文那些坐在火塘边讲故事的中年男人一样固执，还很会笼络听他故事的人。

田耳主要作品《衣钵》的主人公原型是他大专时的一个同学。这个年轻人毕业后回老家当了湘西一个村的村长，还兼做道士。这样的人，在湖南乡下现在也特别多。

青年时期的田耳，每年夏天都睡在自家屋的平顶上看湘西夜晚的星星和月亮。在《衣钵》中，他把星空下自己有过的感受给了这位小说的主人公。

沈从文和田耳的湘西作品源头是他们共同拥有的那片诡异、瑰丽的湘西大地，和他们熟悉的走在湘西夜晚星空下的人民，山水造就了人文，人文感动这山水。

　　作品《金刚四拿》，是田耳献给母亲的一本书。迄今为止，看过他所有作品的，当属他的母亲。

　　田耳说，湘西一直有很好的写作传统，基础牢实，写作者层出不穷。每个能冒出来的作家都自带能量，都是意外，不可重复。

观　察　者

一

与曾来德有关的记忆都停留在晚上：一张张照片，无序地悬浮在夜晚，背景是浓郁的黑，等待我回忆起过去的某些事情。

如果让照片快速奔跑起来呢？

有一张照片，曾来德把屋子里的灯全部打开，光把夜晚使劲地推向外面。我站在曾来德左边，他的衣角挨着巨大的书写台，桌面轻轻地触碰着曾来德的左手，像在不断地给他各种提醒。

曾来德在这种高度上很坚决地表达着他所看见的事物。

我从他昨天上午写的一系列作品里，看到了：一切艺术是有规则的，它们有着自己的呼吸节奏。

有人说，曾来德打破了很多东西。

——艺术难道不就是一次又一次的打破吗？我还想到了突围这个词。

从 5 月 1 日下午开始，连续六天。我在中国北方的一间屋子里，挂了曾来德十多幅字画。每天下午，我从书架上抽出一本曾来德写的书，大部分是正式出版物，有些是展览时自己印刷的内部资料。抽出来，随意打开几页，又插进书架。我看到了曾来德各个时期的笔墨线条都扑在早期那幅"塑我毁我"的字上，后面的"我"字在底色中慢慢被笔画涂画、消失，第一个"我"，左冲右突，一切没有理由地成为那些悬浮的照片的背景。

能不能调换成"毁我塑我"？也许是鸡与蛋、蛋与鸡的关系！

——给新生留一个梦想吧，梦想是线条，也是水墨板块。

曾来德不理会我的自问自话，他用笔挑亮即将熄灭的火苗。

曾来德正在给诗人金铃子写幅字"借诗还魂"，我转到他的右边，曾来德的神出鬼没表现得让人不可琢磨。我在一篇小说里写道："曾来德让人自由进出他的房间，但总有那么几间，长期不被人发现，有些人走到门口，就忘记了要推门进去的原因。曾来德给这些房间，还有朋友们的书斋和展览命名，各种名字，千奇百怪。"

我把这些房间统统都归纳进看不见的黑色中，曾来德的动作，让我也成为一位奇怪的观察者。

曾来德招呼我过去喝茶。

我与那个传说可以借诗还魂的女子金铃子在晚上十一点，穿过那一条条还在奔跑的街道，去找她的师父曾来德。

——这么晚去，没关系吧。

我说了一句与自己想法完全不相关的话，这句话不表达任何意义，难道我这位观察者也需要得到某种肯定？

我们从北京的北边到西边来寻找曾来德。

"需要寻找吗？我就在这里。"曾来德说。

作为观察者，我像不在场一样站在曾来德旁，再看看屋子里曾来德的字画，我肯定地说，是的，曾来德在这里。

还是黑色环绕在我和曾来德交往的四周，我们说话到凌晨两点多，房子之外全部沉沦在夜色里，湿漉漉的时间把城市挂满天空。因为沉重，城市耷拉到了地上。

曾来德的屋子里，光线充足，窗户泄露出的光，我没有看到。

要离开了，师母把院门打开，客厅里绕过屏风的光，以门洞的方式斜铺在院子外面。光，像雪。

不久之后，我又来了几次，留下来的都是晚上的记忆。

我们约定的时间都是晚上。

莫非我们是两只夜鸟，只有到了晚上，才能打开各自的翅膀。我随曾来德飞翔出来的气流，跟随他，感受曾来德笔墨的神采和他飞扬的心灵。

在白天，我看见的是曾来德的墨和彩色。

二

坐在地板上，我把另一个意义上的曾来德，一个具有曾来德个人无法拒领的曾来德的痕迹打开在地板上。

认识汉字的，不认识汉字的，接受过审美教育的，没有受过专业指导的，都可以让曾来德的作品扑进眼睛里，去感受、品尝，再让眼睛悄悄地留下一些东西，又放走一些东西。

曾来德的作品在细节里。

一个转角、一个高度向另一个维度落下来，是曾来德的重要表现。几厘米的细节，我们静静地感受飞翔的永恒形式。

曾来德的作品告诉我，大地深处有大光明。

很多个晚上，我一个人，灯光明亮，从第一幅作品开始，尤其是画里的字，一个字一个字地去辨认，喜欢曾来德的那种顽劣劲，像青藏高原上群山烘托出来的那一大片草地。

晚上看曾来德的作品，与在晚上与他聊天一样有动有静，只是面对曾来德，我会更多地观察他这个人。面对作品，我的主动性更多一些，迎着曾来德走过去。

粗狂是被允许颇有微词的，曾来德的画也是如此。

曾来德用六个汉字细细碎碎地全盘托出一个问句——"深山何处钟？"的同时，用笔墨书写出钟和深山的模样。

最近处，山掩饰的小庙里，钟声把后山、前山的树都敲得细小悠长，似有似无。钟声伴四季，四季结因缘。四季的颜色，曾来德精致地展开。

我们顺着山路走进去。

进村，过小桥，踏青草，没人说话。我们三五人，像一个个独行者，从被溪水侵染的小山头旁进去，有花，有石头，它们早上才听过钟声。

有人说这里以前不是这样的。

以前是多久？

他们说是父亲那一辈，自己五六岁的模样。那时，山上树木粗壮，叶子也是大块大块的，说肥硕也不为过。石头是黄色的。后来，有了钟声，这些树木、山石、花草，都变细了，群青色，绿的白色，从黄色里流出来的白色，各种颜色被晕染、稀释。

有人说，有些人是看不到黄色的。之后，他们又装出不想卖关子的神情，稍微定定神接着说，黄色就很明亮地出现在树林的外面，像岛屿外面那圈浅黄色的沙滩，绕岛一周。

山里人还说，等他们成年后，就再也没有看到任何一种粗壮的东西了，甚至连夜里的风，都变得细细条条的。曾经高大的房子，经过十多年的拆和维修，都藏到了树底下，大的屋顶变成了小的，高大的窗户落了下来。

村里的一个孩子一直跟着我们。曾来德不想顺水而上，他往左边的山洼洼里走，这是两座山之间的一个接口。曾来德当过兵，规矩和体能一直在的，他不费力气地翻过了山梁。

孩子希望我们走右边的路，因为那里藏有这座山的一个秘密，但他又担心我们直接走进那个秘密里。

孩子的羞涩是天然色，孩子跟着我们走到最中间的那座小山下面，这是群山的中心点。

我们听到了钟声，孩子如释重负地说："我说了吧，不能走这边，在那座最大的山的下面，第三座山就是。"

我观察到孩子本来想伸手指向右后方的山，但他的手，没有抬起来，只是上下犹豫了两个来回。

曾来德想进山，看看植物下面的石头和土，理解它们的构造和脾性。每次弯腰，他先用很大的力气把手指插进土里，但他的手像遇到了微尘，双手捧起来的已不能叫沙石，连流沙、粉尘都不是，用水来形容都太有棱角了，用云的意象来形容，才是贴切的。

这些都是被钟声化掉的，孩子用先知一样的语气对我们说。

曾来德灵气十足，但我总想到一个词：枯静。这个词像一个标签，贴在画框的最外面，像牌铭。枯静，不是没有声音，是云的静，远远的静，在翻涌，势不可挡，是从死亡的草地里开出的繁花。

曾来德牵着孩子的手，往回走，在一座小山上转身。他了解这里的村民，这些树死过很多次，曾来德说，现在树又死了，但另一棵树还活在它死去的躯壳里。

那花呢？

花是从死亡里长出来的，我说。

"它们漂亮、纯净，我们每个月的初一、十五，都会来山里摘些花草或嫩树叶回去，泡着喝，每天都喝。"孩子说。

这座山的下面，就是那座庙，庙很小。如果不是为了附和孩子，我们是不会赞同钟声是从庙里出来的。我说，钟声是从那些曾经死过很多次的树里发出来的。

"树没有死，树活生生的。"曾来德强调。

孩子坚持，钟声是庙里传出来的。

"你看到过那口钟吗？"

"没有。"孩子很不服气地回答我。

"钟声是那座庙里传出来的。"孩子仍坚持说。

三

曾来德忘记自己曾经目睹过一场大火。

2005 年，我问他："您记得《秋色嶂叠图》吗？在万泉楼，您用扁舟渡樵人，您把字写在画之外，内容也在画外。"

被烤焦的墨，被阳光烤焦的石头，站在水的两边，静享水的声音，享受其柔、其美。

"我想请您写八个字，挂在离这幅画最近的地方。"我把自己想说的八个字，使劲憋了回去。

"哪八个字？"您问。

"我没有说出我的想法啊！您怎么知道？"

"这需要说吗？我也是位观察者。"曾来德说。

您是一位深入人之心、物之情中的深刻观察家。

我说："我喜欢庄子的'方生方死，方死方生'这八个字。"

在炙热中的万物，懂得事物的本质，而我昨天竟然还在您的画中追求这种本质的存在方式。

"本质需要追求吗？"曾来德说，"多说无用，空谈误国。"

他心里喷涌的念头，表达着丰富的人心。快乐也不只这些，所谓的痛苦里存有另一种高尚的美。

在您的小船遇到风浪或礁石时，美会带给我们力量，让我们脱离险境，只有虚弱的人才会喋喋不休，才会到处寻找自己的影子。他们站在阳光的影子里，以为就掌握了真理，那也不是他的影子，那是阳光的影子，那是他自己造出来的虚幻。他们说的，自我的不断复制，一切就怯怯地藏在那点影子里，阳光一照、更大的阴影一来，虚幻如泡影……曾来德让人看见人性的丰富，美好是斑驳的绿色，有苍凉的激情。

曾来德用最大的两种色来表达自己：黑与白。

去西藏之前，我坐在曾来德的时间里，从深夜的十点开始。谈话构成的小船漂流到了很多地方。

后来，我们去了西藏。

后来，曾来德狠狠地用纯黑在纸上画出一条黑色的河流，用墨画出长矛一样的树林。根，柔和，因为那里藏着过去。而树干，则不折不扣地茂密成林，如军队。

后来，是敦煌——一条河流、一个消失的渡口、一个遗老古镇、一个新生活的延续符号。

我的时间不断地倾泻于曾来德黑色的水墨河流，他写了一个大大的"人"字。把我时间的纸投进一条峡谷，我和老朋友龙冬，把大把大把的眼泪变成机械的敬礼，从八廓街、布达拉宫、拉萨、山南、那曲，我们像两片树叶飘落在峡谷里：我们等待巨石被爆破，我们走过积雪的泥地，我们睡在悬崖的下面。白天，又一点点远离悬崖。

在一张纸上写句短语给曾来德：我走在您那"人"字的河流里。

之后的第七天，我和龙冬从峡谷里突围出来，我想起了您的另一幅作品《敦煌之榆林窟》。

如果没有曾来德的这种暗示，我是否会从西藏折返，绕向敦煌？

在敦煌，因为曾来德，我、龙冬、毛然、赵建平、小芳、黄山，在敦煌看了四五十个窟，一窟一寺，一寺一礼，朝圣一般。

一点点拉开曾来德作品，感受其中的重压。

我想抓紧时间与曾来德见面，说说《傲然林壑间》。我无数次沉沦于此，站在树的对面，听树表达自己的意志。也听到身后大山的规劝，说着、听着，人已入画，为树、为山。

曾来德生活在北方，他心在何处？钟声在何处？深山在何处？这是我这位观察者应该做的事情。

一个下午，曾来德写完七八行小字，准备继续落笔。他久久地看着面前的这些字，好像是第一次看见，这些字在他面前也散发出淡淡的陌生感。曾来德的眉头锁成两片柳叶，倒挂在树枝上。

曾来德留着平头，短发直而有硬度。不论是画画，还是走在下雪的树林里，他的两眉之上，各有一道沟壑，舒展、含苞，像手掌捧出的一朵花蕾。

过去是如何来到今天的？今天是如何踉踉跄跄地站在河岸，看着对岸的石头变成土的？把永恒的法典变成四季，从历史流过来的河流剖开一粒粒石子，给我们来看。曾来德对着面前的字，思绪扩展开来，他继续落笔了。

《河梁古意图》用了很多种剖的方式，看不到一个人的影子，但总是可以在各个地方找到人的蛛丝马迹，听到人在不断地叩问大自然。

平静的外表掩饰不住曾来德那颗狂野而奔腾的心，他狠狠地用一支小小的笔来表达石头炼不成铁、铁炼不成钢的原因。曾来德给河流的空间很窄，水域的面积很大。黄河、长江，还有他乡的一条条大小水系，曾来德用石头和高山，堆出了宽度的美学。

水在大地一呼一吸之间畅游，只有人，才会有意识地想去拉长或阻止气息，白色的气体虚幻而真实不虚。曾来德喜欢用一百年来划分格局。曾来德的笔墨，在粗枝大叶中时刻可见其精致细微，古意十足，此图而名"古意图"。

四

地点：北京的一条胡同，胡同口挂了一块指示牌，上面写着"小剧场往前两百米"。

左边，一长溜长着窗户的房子，一个喝咖啡的地方，有人演出，大家把最里面的位置空出来，桌椅往后，往左右三个方向挪，吉他手或其余表演者，每次就一个人，坐在观众围起来的小中心里，弹唱或表演。

内容：独幕剧《对手》。

编剧、导演、主演、演说：曾来德。

群众演员：家属、学生、老师、观察者等。

场景移到深圳大学。

曾来德主讲。

一位听讲的老师问曾来德："有人说深圳是文化沙漠，您怎么看？"

曾来德问："文化是什么？"

老师没有倾听能力地继续说："大学生、本科生、研究生、博士生有没有文化？深圳这样的人成千上万。"

曾来德问："西藏有没有文化？照您的说，西藏是没有文化啦。"

曾来德继续说："请您记住，知识结构不能称为文明。把粗颗粒的沙子捏到一起，感觉有分量，手一松，就没了。"

文化是特定的民族，在一个特定的区域，长期按照自己的思维方式生存而形成的打不烂、拆不散的一种精神。

如青藏高原，一直有人类生活，藏族之所以能够一直存在，藏族人之所以能够从青海、四川磕头到拉萨，身体扑倒在结冰的河面，双脚、双手、膝盖、额头，整个身体扑向大地，亲近每一粒沙石，就是因为他们所有的收入是为了一次朝圣。如果一个民族没有这种信仰和追求，他们早就跑了，离开了高原。西藏形成了强大的精神磁场，精神是纯粹的，这叫文化。

曾来德身旁是一盏台灯，在他的身体周边照出来一个椭圆形的光圈，他好像忘记了其余的听众，继续说。

人生需要一些经历，经历了，悟到了，感受到了，你也就饱满了。

曾来德去过拉萨、日喀则、林芝，到过青海、四川的藏族聚居地。

他说，自己去的地方并不多，西藏在地理上，是世界的高峰，这样的地方，肯定无奇不有。

西藏与一般的高峰不一样，西藏是高原本身。茫茫无际的高原，有些地方，您永远也走不出去，也永远承受不了西藏高峰的沉重。

信仰里有一个最重要的东西，大自然对灵性有保护的作用。

旁白：现在所在的位置是潘家园，这里有些玩古董的人，一不小心，竟然玩出一个公知形象来，从国学到礼仪，从教育到修心，开口就来。

曾来德说，近一百五十年里，中国出了一大批文化人，像鲁迅、郭沫若、胡适等等。他们对老物件和考古是明察秋毫的，而这些只是一个知识分子极其普通的一种修养而已。

曾来德独白似的说："对于说不清楚的事情，一比较就清楚了，此地需要用彼地来比较。像某某大师，他到处都在谈诗，说自己是一位大诗人，以自己的诗歌为骄傲。"

曾来德说："那我就要把他放进中国诗歌史里，他就会遇到屈原、李白、杜甫，一比较，他又不是诗人了。所以，我又不能把他当作一个诗人，他只是有一个画家的修养，对诗歌偶有一定层面的理解和运用而已。但请记住：他不是一位诗人。"

曾来德说，以前的潘家园不是现在的样子。

曾来德继续说那位大师："某某大师说自己是一位书法家。我对他说，这也不对，因为你的书法不能独立存在，而是依附在你的绘画上。不要说把你放在古代，就是放在当代中国书法界里一比，你这种水平的作品是不可能也不可以保存下去的，没有存在的理由。"

曾来德问那位大师："在你的所能之中，到底哪一个最能代表你的身份？"

那位大师说："我是画家。"

观察者看着曾来德，他不是在表演，而是在戏剧里。我们重回对话剧场。

曾来德说："没错，我们也这样认为，而且你是位人物画家。那我还是要问，中国20世纪的人物画家，你最佩服的人是谁？"

那位大师说："我的老师。"

曾来德问："那你和老师比如何？"

大师说："我还没有达到老师的高度。"

曾来德说："您的老师与齐白石、黄宾虹相比，他还是位准大师，那你既然还不如你的老师，那你就不是大师。尽管你家喻户晓，尽管你享受了比大师还大师的待遇，但你不是大师。"

曾来德没有想休息的架势，依旧不紧不慢地开始下一个问题。

曾来德说："今天的书法，大家只认为是中华民族的一种书写和传播交流的方式，具有一定的审美，并没有上升到它可以拯救一个民族，让一个民族的文化光辉灿烂、永远不衰的高度。"

以前，书法伴随着中国人的生活，是中华民族的一种生活方式，一种表达方式，不需要对书法这件事情特别强调什么。但一百年以后就不同了，到底是因为我们弱小，我们贫穷，还是因为我们意志不坚定？我认为，要拯救这个民族，根本性的问题是必须从写字开始，我提出了汉字书法的命运与中国文化兴衰的命题。

20 世纪中国文化唯一为西方人所改变不了的只有中国书法了。

中华民族的历史是一部伟大的手写史，尽管活字印刷诞生后，中国人也从来没离开过手写，但是今天的现代文明冲击了手写，我们的电脑、手机等等，把我们的手写给毁了。

中国人必须通过对手写的体验和认知，才能读懂我们自己的这部历史，不然就读不懂。

20 世纪的一百年，前五十年，我们送出去的很多学子，百分之九十都学成归来，都是大科学家、大艺术家、大学问家。因为前五十年的这些人，中国国文底子厚，每个人都有手写的经历，他们出去基本上都是洋为中用，他们所有的出发点都是为这个民族，为这个国家的振兴。

历史规律告诉我们，书法昌盛，书写昌盛，国运昌盛，而国民自信。

字写好了，可以写出中国人的素质，可以写出中华民族的审美。中国人的素质必须通过书写来体现，从小就要亲身经历，只有实实在在的，才有体会。

五

1991 年，曾来德出了一本书，有位画家朋友说："你一定要认识一个人。"

曾来德说："谁？"

画家朋友说："高尔泰。"

"我跟他不熟悉。"

"我给你引荐。"

第二天的场景是曾来德回忆的。

　　画家朋友带我到西南师范大学专家楼高尔泰家，当时是下午。

　　高尔泰正在休息，门上贴了好几个条子，表明了所有人都不见的态度。

　　画家朋友知道他在家，就不断地敲门，一直敲，一直敲，直到把高尔泰敲起来。

　　门一拉开，高尔泰看起来很愤怒。他个子高，一只手把着门框，像门神一样。

　　补白：曾来德虽然坐着，但他的右手往上伸，左手往下按，模仿出高尔泰当时气势汹汹的样子。

　　画家朋友有一种自信。他说："高先生，我今天给您领来了一个人，从大西北来的。我的行为很不礼貌，但只有这样才能把您敲起来，否则你们就见不上面了。"

　　高尔泰没有动，画家朋友就拉着我从高尔泰腋下钻进屋里。

　　客厅里有张三人沙发，高尔泰坐在那沙发上，两只手一把，不说话。

　　画家朋友对高尔泰说："高先生，您看看他的画，如果可以，您就给我们五分钟；如果不可以，我们马上就走。我今天带他来，像是在完成某种任务。"

画家朋友就把我的一些作品放在高尔泰的膝盖上。

高尔泰带着很无奈的表情，慢慢地翻开第一幅。

他一下子就坐起来了，不再那么慵懒、散漫。第一幅作品就是《塑我毁我》。

高尔泰快速地翻到第二幅、第十幅……第三十幅，最后合上，轻轻地放到沙发上，过来握住我和画家朋友的手说："谢谢你，今天确实给我带来一个不一般的人。坦率地说，你刚才的无礼，让我很愤怒，但看了他的作品我高兴。"

高先生说完，又回过头去看我那些作品，让我坐在他另一边。高先生有一只耳朵不是很好。

我们谈了两个多小时。

中途，他对里屋的爱人说："小雨，你快出来！给你介绍一位了不起的青年。"

高尔泰又说："到我画室看看，你给我提提意见。"

高先生一般不让别人进他的画室。

我看了高尔泰的画，说："高先生，需要我说真话还是说假话？"

高尔泰说："当然说真话。"

我说："那您别生气呀。像您这样画永远画不成。"

高尔泰说："你继续说。"

我说："您画画像写文章一样，把上下几千年、左右几万里什么东西都弄在一起，这不行。画家画画，就是在某一瞬间，用一种独特的眼光和思维方式，通过技术手段，把事物的某一个局部强调到一种高度，画就成立了。"

高尔泰很激动。他留我吃饭，我不好意思，很坚决地走了。

　　见面后的第二天一早，高尔泰就跟画家朋友打电话，他问我走了没有，他还要见我。

　　我们在双流机场附近找了个僻静的地方，聊天喝茶。开始，他看我画画，之后，他把我的笔抢过去，说："你休息一会儿，我来。"

　　高尔泰画了七张，其中有一张现在还在我这儿，画了两匹奔马，上边落了我的名字。其余的几张画被另外几个人分了。他一口气画完，笔往旁边一扔，过来拥抱我，抱了我很久，舒了一口气说："我现在宣布一件事情，如果说我高尔泰将来在绘画上还有什么成就的话，那么，没有曾来德就没有我高尔泰。"

　　高尔泰说："能不能把你的笔送我？"

　　我说："高先生，这支笔我不能送给您，我用了很多年，但我还有同样的笔可以送给您。"

　　我回去就给他寄了几支笔。

　　我的《曾来德书法作品集》出来以后，四川美术出版社要开个座谈会。我说："请你们一定请高先生参加。"

　　出版社就给高尔泰打电话，他一口拒绝了："我不参加，别找我。"

　　到了成都，我就给高尔泰打电话，说："我的作品集出来了，想请您参加座谈会。"

　　高尔泰说："你的座谈会在任何地方开，只要你通知我，我都去。"

　　我说："出版社的人说您不参加。"

　　他说："他们没说是你的座谈会啊。"

　　高尔泰在会上说了几句话。他说："赶时髦的是蠢材，创时髦的是天才。我认为曾来德的书法是创时髦。张大千只有一个，毕加索只有一个，曾来德也只有一个。"

高尔泰到了美国给我写了一封信，大概意思是，大书法家曾来德老弟，我已定居美国洛杉矶，带了几件随身物品，其中有一本又厚又重的《曾来德书法作品集》，还有你的两幅书法。带着它们，我绕了大半个地球，可见爱之深。我走到任何地方讲学，都要谈曾来德。我谈不谈曾来德是高尔泰的问题，他们理解不理解曾来德是他们的问题。

高尔泰在信里还说："没经你的允许，我把你的两幅作品分别赠送给了中国台湾的星云大师，还有美国哈佛大学博物馆。"

他说："我喜欢你的作品，但你的作品不属于我，属于它应在的地方。"

高尔泰现在有一个问题，他已经不了解我们现在的社会了，还停留在原来对中国的认识上。我也一直想去美国看看高先生。

六

本文主人公曾来德，1956 年出生于四川蓬溪，现居北京，曾任中国国家画院副院长、书法篆刻院执行院长，已出版《曾来德书法作品集》《写无尽书》《横竖有理》等十多本图书。

沉默者之歌

一

2015 年下半年，你选定了这个创作方向，写工人。工人，那是你生命中的一部分，你在这个群体中生活了十年。工人、工厂是你生命的主色调。

在你离开工厂的二十年后，你重新回到工人的队伍里……

二

时空到底想拿走什么？你的身后，是来时的路。

你被石景山上的这段碑文打动："金阁寺自晋唐以来所藏石经，碎而言断，岩穴鲜有存焉。"

"碎而言断"四个字，直直地撞进你的身心，无法释怀，一种怎样的力量？碎，是生活！是时间！是现在，还是历史？碎了，语言断了，那有不断的东西吗？简单的字消融在无限里。在石头与粉末间急急寻找，"碎而言断"沉沉浮浮地出现在你面前，四个刻凿在石头中的字，你一个个地找出来，读出声来，被林中的风接走，被散落在树叶间的光影照见。

碑文里的这四个字，在你专注的凝神中，静下来。你闻到了匠人溅起来的石头粉末味道，你听到了打夯的声音，看见了劳动者在噪声里奔走的影子。山下的工厂，在你来之前，早已搬迁，但一切没有断，也不会断——碎而言断。

1919 年的工人，到今天的工人，如骤雨的屋檐，雨滴成线，水把大地的味道冲刷到你面前。面对这四个字，其他的表达，都无力、无助。在这警示之下，你用敬畏的、小心翼翼的文字，描摹出今天最重要的一类人，速写他们的生活，让他们说出自己的想法，让他们在夜晚回家的影子，找到说话的地方。让他们一个人一个人地，单独地，站在月光之下，看明星闪耀。

三

三年时间，你面对了全国各地成百上千的工人。你进入工人的家庭，与他们聊天。你发现一个奇怪的问题，他们说出的词语里，很难听到"工人"这个词，他们不说这两个字，"工人"像一种暗语，轻易不说。这是长年以来形成的习惯，还是有更崇高的信念在里面？

很多次，你有意识地说出"工人"这个词，像去触碰一些未知的东西，你装作很自然地说出"工人"。他们坐在你对面，你盯着他们的眼神，他们不会惊讶，他们很自然地听你说出这个词。少数情况是，在你说出这个词的两分钟内，为了接你的话头，他们很自然地说出"工人"，而之后的时间里，"工人"这个词，再次沉没于朗朗大地，不再被他们说起。

他们会用其他词语来代替"工人"，如"我们""职工""同事"。反而是你，一个已经不是工人的写作者，一直在说"工人"这两个字。

你像一个背叛者，说出自己的身份。

四

他不太会笑，笑起来神情也有点严肃，他很认同你说的。他招呼远处走来的两个工人过来坐坐。

其中一个上衣敞开，身体略胖，左手提蓝色塑料水杯，右手抓安全帽，顶朝下，像端了一安全帽的水，走路步子大，雄赳赳的，两边带风。他从马路对面的竹林走过来，竹叶好像被他影响，倾身过来。他站在你们旁边，踮着一只脚，说话笑眯眯的，属于那种没心思的人。

另外一位工人，本已走过去了，你们看见的是他的背影，有人喊他，才往回走。安全帽反戴，帽檐在背后歪着，两手提着啤酒、鸡蛋、饼干，还有凉拌菜，肩膀上全部是油和灰。他转过身来，把东西往地上一放，说起话来。

好几个工人，光着上身，把衣服和安全帽挎在手臂上。好几个年轻工人，边走路，边打电话，有人在看微信。他们新的安全帽，在下午的阳光里，黄得有些耀眼。

五

楼房转角处是片空地，生产工人在这里做了一个艺术家都不敢做的装置，他们将经过这里的各种管道引来，地下的、地上的，大的、小的，折着弯、打着回转的，都引来了。有直直冲过来的管道；有掉头的管道；有些斜着爬上来；有些正好穿过工人搭建的这个铁楼梯式样的铁架，铁架一共有五个梯级，每一梯级里都塞满了粗粗细细的管道。靠西边的厂房拆了，这边的管道就像被大的钢锯齐刷刷地锯断，整齐地张着口，向着西边的空地，来不及说一句话，它们的兄弟姐妹就被切断了。它们想说的话，消失在黄了又绿的杂草堆里，张望成一种最后存在的理由，一种形式，构成一种无法新建的审美。

六

你一个人开车，从西安回北京的路上，你听到了钟声。

迁安，招待所的窗户前，远处在修马路，向你所在的方向蔓延过来。再远处，有一片林子，你在等一位工人，你听到了钟声。

你爬上第五层厂房，站在一米长的铁梯上，下面半条手臂的距离，就是一块块通红的钢板，密集有序地从你脚下通过，围绕着转炉发出声音，热浪一层层冲上来。嘈杂声中，你听到了钟声。

在安静至极的矿底，海拔负四百米的地方，也有钟声。

你都听到了，时间不是在催你往前走，而是在唤醒你的专注，唤醒你的认真，唤醒你的细腻，唤醒你的敏锐，唤醒黑夜里的光明……

请你慢下来，卸下一些并不那么重要的追逐，轻松地，从大水冲出的路上拐到另一条小道上去……

你听到了路上的钟声。

七

白灰窑出现在你眼前的那一刻，你几近窒息。这是你离开石灰窑后，见到的唯一一座，几乎与你工作过的石灰窑一模一样的建筑。唯一的区别是，你的石灰窑两座并排挨在一起，像一条裤子两条裤腿的结构，而这里是每座单独成体，相距七十二米，窑体从上至下，包括体积、形状，几乎一样。

　　白灰窑下面的房子、窑后面的房子、房子前面的空地，其布局，其形状，复原了你工作了十年的石灰窑。石灰窑在十年前被拆除。有差别的地方是，白灰窑窑体外加了几根粗大的管道，吸尘之用，不像你工作的石灰窑，两个人说话要对着耳边说，不然听不见，看东西要在一米内，不然灰尘会挡住视线。现在白灰窑的环境干净，灰尘不见了，噪声没有了。

　　现在的时间是 2016 年，你在石灰窑的工作时间是 1986 年到 1996 年，整十年、二十年的巧合。站在白灰窑前面，宿命如旗，风水轮流转，事物的本质就是无常和变化，人生中有那么一些小圆点的记忆，被不断地提醒和点燃了。

八

　　厂房里的铁器，散发夜晚的气息。

　　厂房两头，白茫茫一片，那是另一个世界的光。你尽可能地走近转炉，炉长身材高大，站在你旁边，他在引你往前走。他永远站在你的右前方，他离炉口的距离永远最近，他在下意识地保护你，你感激地看着他善意的安全帽。

　　你们已经走到正在工作的工人旁，你们两个人站在工人的后面，工人的铁棍伸进铁水里，厂房远处有工人在指挥房车，把铁水包抓过来，从空中，慢慢地飘向高炉。高炉像宇宙中的星球，转体、略倾斜、张开的小口侧体向上，里面的钢水、高温、强光，过渡成发出红光、白光的铁水、钢水。

　　虚幻，笼罩着、超越了你的一切思维。

九

工人的工具，一个铁盒子，拉出一根长长的线，绕成团，缠绕在工厂的角落里。厂房本来就暗，工人弯腰站着，铁盒子搭在三根铁柱上，电弧光在他的触碰之间发出蓝光，升起来的烟雾，也是蓝色的。你从休息室里跟他走过来，他很快被蓝色的烟雾包裹，你想起圣-琼·佩斯的《蓝色恋歌》，想起保罗·策兰的一句诗："我是第一个喝蓝色的人。"

你看着蓝色烟雾中的工人，激发出来的光，在烟雾的重围之下，工人的影子，灰色的工作服，防护面罩，在蓝色的火光里，跳跃着无数细小的红色火星，工人制造了这个蓝色的宇宙，和星系。

你握住了诗歌的证词：别处的历史模糊，但不会失去警示的药效。

十

山下的村子散落在河对岸，远处，长城顺岭而行，像位少年，显示自己的平衡力，摇摇晃晃地踩着山岭，往前走，走出了多远，没人知道。

长城风化得很凌乱，这里掉几十上百块砖，那里塌一个角，好像一群被忘记召回的将士，依旧列队，坚守着最初的誓言。

低矮的灌木林，覆盖了一段段长城。有一座烽火台，被风雨洗劫得只剩下两块门洞的石头，突兀地立在那儿，像说出来的几个字，没有被风吹走。阳光从它们的这一面，照到另一面。

一块全身爬满纹路的石头，莫非是文字的笔画？它与身边其他石头不一样。

再往前，低矮的山包上，梯田层叠，被画师一点点不厌其烦地复制、粘贴到很远的地方。

十一

你犹在梦中，四下张望，置身坑底，每一个方向，都是铁矿石的山体、山峰，朦胧中，似有梯田，层层叠叠。有些石头已成粉末，如流水。有面山体，铁矿石呈黄金色，时间流逝，矿石成灰，由上至下，流淌成石头瀑布，黄金色的水，流过黑色的山体。梯田一样的坡面，露出深深浅浅的沙砾色灰尘。

大路往下盘旋，弯道处较宽，流石的粉末在车轮的碾压下，像中国画，重重的一笔，回旋扫过，重而有力，车痕深处笔墨浓，路面坚固处淡笔少，有些路的压痕似留白。凝视每一笔，天黑了，天亮了，工人一点点地把脚下的石头掏走，自己一点点地沉进天坑里。有一种力量，藏身于莫名的悲怆里。

十二

坑底下的路，与贵州的十八拐公路极像。那些"回"字形的路，"M"形、"N"形、"6"字形、"塔"形的路，积聚于此，没有一件艺术品高于它们，生活永远高于艺术。

工人用二十年时间，画出了这幅还没完工的作品，重重的笔墨，材料是矿物质，经过矿车的碾压，细碎的矿石成深灰色，质地密实。植被微弱的山坡，呈土黄色。这些以路为焦点的画，无论离开你的视线多久，只要你闭上眼睛，只要你想起，那些路的迂回、往返、沉浮、旋转，画面就飞翔在你湛蓝的夜空，像凝固的石造像，站立于风尘的喧嚣处，纹丝不动。

远观，只有灰色的矿山。细细端详，有黄色、金色、黑色……

十三

　　见你来了，像到了他家一样。他一边与你打着招呼，一边走到高炉前，把丢在地上的铁铲捡起来，把扫把拿起来，把歪七竖八的皮管归整得好看一点，把散件的小工具归拢归拢。你想起农村里的亲戚，有客人去了家里，忙着沏茶，忙着擦拭，嘴里还说，农村屋里太脏了，没有招待，边说边收拾家里……他也说了同样的话，高炉这边就是脏点，噪声大。

　　铁路旁，一个工人骑单车准备过来，看见你在拍他，赶紧下车，整了整衣服，扣子扣好，黑黝黝的脸，笑着，露出牙齿，把单车支好，双手反握在后面，站直了身子，等你给他拍照。这是一位将近五十岁的中年工人，他的一连贯动作，打动了你飞翔的灵魂，点亮了幽暗树林一堆温暖的火。

　　你看着他。你们笑了。

十四

　　在长钢，你去朝拜了很多古建筑，唐的建筑，宋的雕刻，尤其是彩塑，如此集中而历史悠久，实属罕见。这些彩塑与中国其他造像艺术有一个共性，就是很少有人知道这些作品，出自谁之手。在中国惯常的意识里，造像者为匠人。你联想到工厂里上万、上十万的工人，莫不如此：没有名字，没有年龄，没有背景，只有作品，被称为匠人、工人。

十五

一把椅子，背朝外，面对空荡荡的厂房，椅子上搭着一把拖把。工人们走了，这把椅子还在看着厂房里的机器，主人不会再回来，椅子知道吗？

厂房在，丢弃的残钢、碎布，在灰尘中成为灰尘，一层层积压着，喘不过气来。有些钢铁像要逃走，它们半夜站起来了，挪了几寸远，天又亮，只能再次倒在地上，等天再黑下来。到了厂房外面的铁器、机器，也没能逃出雨水的洗刷，雪花的冷和尘埃的抓捕。

十六

一根红色高温的钢方坯，工人用两块薄薄的旧铁皮将两头遮挡一下，让电焊工人少接触一点直接照射的温度。工人尽量伸长了手，调节着焊枪，去割断钢坯，蓝色的光束移动，在红色的钢坯上，溅起的铁星，如同烟花，在铁灰色的工厂里，浓浓淡淡地开着。电弧和钢坯的光，照着工人的脸，工人尽量憋气不呼。

十七

万峰林，名字贴切，像是有人在下国际象棋，把独立的、近乎垂直的山峰，一座座，放在平地之上。大部分山峰一座挨着一座，也有一些孤零零地放在棋盘中间。四周的田地里开满了油菜花，平地像水一样，紧紧地缠绕着每一座山峰。

农民的房子白墙灰瓦，花团锦簇般开在山峰让出来的平地上，显得有点小心翼翼，那些山峰的棋子，以一百万年为限，挪动一步。

　　山峰落差大的地方，只要给出一条缝隙，路就延伸进去。一条河，流过村子，望一望那些突然升起来，又突然落下去的山峰，河水绕了绕道，还是流走了。

雪天的牧场

一

1971 年，裴庄欣是昌都汽车修理厂的一名学徒，车队里的十多个学徒都睡在木板房里，大通铺。

裴庄欣现在回忆起在涉藏地区的事情，句子与句子之间，没有了停顿，密不透风。裴庄欣在语言的暴风雨里疯狂奔跑，一直到晚上，我走出他在北京的工作室，裴庄欣才说："我说多了，语无伦次。"我也愣头儿青一样地看着他，我的思维一直跟他的回忆一起，接受着狂风的吹打。

裴庄欣从成都走到西藏的昌都，走在二郎山、雀儿山的冰雪泥浆路上，那次裴庄欣走了八天。

而从昌都到拉萨，还有八天的路。

通麦天险，林芝的泥石流，进藏的路，有时候一断就是半个月、几个月。各种翻车的、撞车的情况都有，有的车掉进河里被水流卷走，有些车沉没在河流里，只有高高的驾驶舱还顽强地露出河面，像在证明司机可能已经逃生。川藏线，经历的、看见的，生生死死的故事，太频繁了。

我坐在裴庄欣北京的画室里，整堵玻璃墙，敞开着，也在暗示着一位艺术家对他者的强烈关注。我们坐在暗下来的工作室里。谁也没去开灯，骤雨般的语言像在焦急地等候太阳的落山，制止一场又一场语言的暴动。

1974 年 8 月到 1975 年 8 月，裴庄欣到西藏的牧区生活了一年。

四十多年前你住的那地方叫什么？

裴庄欣恍惚了一下，继而准确地说出一个地址：昌都江达县字嘎牧区格尔贡乡。

1975 年，庆祝西藏自治区成立十周年之前，昌都地区最后一批人民公社要成立，这就是裴庄欣所在工作队的任务。

下乡的工作步骤，裴庄欣现在也记得很清楚。首先要发动群众，再划定阶级成分，最后成立人民公社。要把群众发动起来，就必须住老百姓家里，与他们同吃同住同劳动。政府每个月配给裴庄欣他们四斤大米、十六斤青稞、两包烟、半斤糖，还有三发子弹。子弹不是用来打人的，是解决吃肉的问题，要他们到大自然中去猎取动物。在当年，这些已经算是特殊待遇了，是国家对边疆下乡工作者的基础保障。私自购买枪支，是不被允许的。

下乡，是裴庄欣强烈申请来的，不是党员和团员，别想着下乡，这都是进步优秀青年才能轮到的事情。

裴庄欣想去遥远的地方，幻想到藏族同胞的生活中去。

裴庄欣如愿以偿了，在工作队担任炊事员和交通员，住在工作队总部的一间土房子里。

房子对面住着铁匠一家六口，他有三个儿子。裴庄欣住的房子旁还住着像阿庆嫂一样的人物，叫安贞，她具备聪明和本能的小狡猾的特质。

裴庄欣每个月要骑两次马，赶着牦牛去区里领分配给工作队的粮食和文件，还有邮寄来的信件。

每个自然村里都设有工作队点，一个点两个人，藏汉同事分散在牧场各个地方，裴庄欣常常骑着马给大家传递信件和物资。

要与人交往，逼着裴庄欣每天学藏语。没有翻译的人，到区里去取信，有牧民过来与裴庄欣说干牛粪和柴火的价钱。对一些藏族同胞来说，裴庄欣是他们生活的一部分。裴庄欣问路、找人、买卖，想了解周围的一切，都必须学藏语，于是他就一个词一个词地记，一句话一句话地背。

春天来了，遇到了一场大雪灾。工作队没办法托运粮食，就把大队部给马吃的麻豌豆，放在水里煮来吃，这是马和羊吃的食粮，裴庄欣他们必须节约着吃。

牧民们有一个裴庄欣很不理解的习惯：牧民只储存很少的草料给牛羊吃。在他们的思维里，具有指导性的想法是听天由命。

大雪灾的那年春天，裴庄欣看到羊一堆一堆地死去。羊的生命很脆弱，一星期就饿死了。一大堆白色的、黑色的羊堆在那里，裴庄欣看到的是死亡和无常。一尺来深的雪，海拔四五千米的牧场，连羚羊也冻死了不少。

经历了这场大雪灾，就有了裴庄欣后来的《大雪灾》系列作品，五六幅大作品。裴庄欣有种很奇怪的想法，这几张画和草稿不想发表，不想拿出来给人看。

对大象、鸟、羊等动物的尸体，对它们的死亡，对老百姓不幸的遭遇，裴庄欣对这一切灾难性的东西特别敏感。

裴庄欣的第一幅作品，就在呈现这种悲剧，我也看到了更多的悲壮情绪。

工作队每人每个月发一包蜡烛，六支，点完了就只能在夜里摸着黑，把婉转的歌变调成一声声的嚎叫。

烟，在当时更是奢侈品。午后，裴庄欣尽量控制自己抽烟，把烟节约到第二天早上。每天起来，把烟点燃，让尼古丁的味道，把口腔里的枯燥感掩盖一下，让这一天的生命更加奔放。其实，这个时期，裴庄欣他们已经严重缺乏营养。

工作队里还有两个汉族女同事，裴庄欣会与她们一起和藏族干部到牧民家里做调查。

有些牧民是真穷啊！在一单身女人家里，裴庄欣发现，她家的帐篷是旧布做的，缝缝补补而成。坐在里面，能清晰地感受到外面雪地里的冷。单身女人有个女儿。

她家里有一头牛、两只羊，没有别的财产。她们两个人仿佛每天都是饿着的。也不知道她们为什么那么穷，更不知道她们是怎么活下来的！但牧区里的富人是真的有钱。

单身女人对裴庄欣他们工作队的人特别好，工作队的人也请她一起吃饭，她成了工作队队员们的好朋友。单身女人后来成为他们最得力的助手。工作队也有意识地培养她，当工作队离开草原，这位单身女人就是乡党支部书记了，当时很多这样的情况。裴庄欣相信，经历了与别人不一样的事情，这才是生命中最重要的。

工作队除了粮食，就没有其他的副食品、肉类供应。工作队的纪律非常严格，不允许干部从老百姓手上买肉和酥油。裴庄欣与那女人一样，仿佛一天到晚都在挨饿。

裴庄欣经常骑马去区里取东西，他注意到了一片沼泽地里有一条半冰冻的小河。他计划了很久，那天，他把出发时间提早半小时，骑马到了小河边，把裤子脱了，下到河里，取一小段流水，两边用装牛粪的藤条背篓堵上，把中间的水舀干，捞鱼。里面的鱼都是一尺多长的，裴庄欣把鱼装在带来的皮口袋里。

到区里领上东西后，裴庄欣骑马返回。路上，遇上了大雪，到处被大雪掩埋，看不到回去的路。

裴庄欣来取信、取补给，是没有老百姓陪同的，如果骑马滑进大雪下面的山坡，肯定是死。这次，裴庄欣在大雪里迷路了，绝望中，他放开了马的缰绳，让马自己走，把命交给这位不会说话的朋友。马背上还驮着上午捉来的半袋子鱼。也不知道走了多久，又饿又冷，裴庄欣在风雪中，身体越来越麻木，终至失去知觉。

雪停了。

裴庄欣微微地睁开眼睛。自己还在马背上，远处的山谷下面，看见了小黑点点的牧民帐篷，看到了工作队屋子里亮出来的一点点烛光。这个场景，四十多年后的今天，裴庄欣回忆起来，依旧那么真实。

大家正在焦虑地等裴庄欣回来。

工作队的信件是一个月或半个月去取一次，队员们会收到家里邮寄来的烟、糖、衣服之类的东西。

回到屋子里，裴庄欣用被褥把自己裹起来，到底是冷，还是饿，裴庄欣的神经系统已经不会传导这些信息了。后来，裴庄欣的很多作品画的都是这些生活。

工作队的同事也在等着裴庄欣把之前捉到的鱼下锅。出发前，他告诉大家他要捉鱼回来。

裴庄欣休息了一会儿，开始做菜，除了白水煮出的鱼肉，还用珍贵的豆瓣酱把鱼子单独拿出来炒成鱼子酱给大家吃。后来，工作队员们回忆，那次吃到的是人间最美味的东西。

那天一直到凌晨三四点钟，山谷中工作队的几个帐篷，灯都亮着，大家都没睡——都在拉肚子。冰天雪地，跑到房子外面，冷得直骂人。后来才知道，西藏的鱼子有些是有毒的，不能吃。

整夜，牧民的狗都在叫。工作队的人都食物中毒了，没死人就算万幸。对裴庄欣来说，中毒拉肚子还不是最惨的，最大的悲剧是，不知道是哪一次拉肚子，把装在衣兜里的三发子弹弄丢了，这就意味着，那个月，吃到肉的可能性没有了。

第二天一早，雪融化了一点。裴庄欣到帐篷外面转悠，寻找那三发子弹，但心里明白，不管是老百姓还是工作队的人，即使捡到了子弹，也不会退给他的。

工作队里的女性，每个月也有三发子弹，她们把子弹集中起来，给最好的一位枪手，然后每个人就可以分到一点动物的肉。

工作队第一次大面积征集子弹是字嘎区的多吉书记发动的，他组织了几位最好的枪手，配了最好的马和枪。多吉书记拥有当时最精准的半自动步枪，一次可连发五弹，分部的领队曹子镳，也有一把带三角刺刀的苏式步枪，准确度也很高。裴庄欣分配到的是一把烂枪，子弹放在枪膛里直摇晃，能听见空洞的咚咚响声。还有一把公用的铁把子冲锋枪，大家都不愿意用，因为它轻短，裴庄欣骑马时还经常背着，这枪使用的是手枪的小子弹，裴庄欣攒了些。

子弹在那里很珍贵。下乡前，裴庄欣画了些牡丹和山水画，兑换了些小子弹，这枪轻，太重的枪背出去，肩膀都会压出血来，这枪射程很近，裴庄欣就用它来打马鸡。很多次都打不到东西。一次，三十公尺内的一只獐子，因为枪的杀伤力太小，獐子带着小伤跑了。

还有一次，经村民介绍，裴庄欣带了一位号称是当地的神枪手出去，牧民说他骑马都能打到地鼠。裴庄欣带着他想多打点动物回来，可每次看到动物，神枪手却说那么小的动物，舍不得打，只拿着裴庄欣的冲锋枪对着天上，咚咚咚，一下把裴庄欣的子弹全部打完。

夏天，牧区草原上有蘑菇。

牧民来工作队总部开会，在牛粪墙围起的小院，一坐就是小半天。他们是在听会议的内容？还是在念经？裴庄欣也看不出来。工作队曹队长爱讲话，往那一站，手往后一背，面对牛粪墙，可以讲两三个小时的马列主义，藏族工作人员都翻译不过来。从牧场来的藏族生产队队长们，把脑袋缩进了皮袍子里。这是裴庄欣画画的最好时间。画各种藏族同胞的样子。

漫长的晚上，曹队长教裴庄欣他们唱苏联红军的老歌曲。曹队长是一位极有理想、有情怀的人。

工作队长期没蔬菜吃。裴庄欣是炊事员，有人告诉他，悬崖边长的灰灰菜可以吃，裴庄欣就去采来，把灰灰菜的尖尖用开水烫了一盆，加点盐，大家吃得也很开心。

门口到处都长着人参果，自己去挖，煮来吃。

虫草也多，一毛钱一根，七八元一斤。曹队长子弹最多，他晃动着手中的虫草说，这是用两发子弹换的，而且把语调拖得长长的。

裴庄欣也挖过虫草，他趴在地上，用一把小铲子挖，虫草的根容易挖断，有时候挖出一堆土，掰也掰不下来，但藏族同胞轻轻一挖，就挖出来了。藏族小孩眼力好，他们挖得快。

江达县开完全乡大会，不论有多少个人，他们都会凑在一起，又跳又唱，裴庄欣也跟着他们一起跳。藏族同胞把古老的民歌改成当代的歌，歌词裴庄欣现在还记得一些。

"山大地大，不如毛主席的恩情大。"

游牧民族的开朗表现在歌词的下一句，它们马上又变成了：

"昨天飞过了飞机，今天没有飞过。"

牧区最大的新鲜事，就是有飞机飞过，他们用藏语唱，唱到天黑才尽兴。

裴庄欣画的《锅庄》参加了中国美术馆的展览。画中有一个小孩的手势和眼神都是在招呼旁边的人一起跳舞。

裴庄欣经常把自己的亲人、朋友的形象放进画里，画的都是他周围的人。

大学毕业后，裴庄欣又回到西藏。

在那曲，裴庄欣前前后后又待了近一年。但那个年代，裴庄欣没有任何拍摄用的设备。

后来，在老朋友吴雨初和嘉措、黄绵瑾的帮助下，他弥补了之前的一些遗憾，拍了很多照片。

20世纪80年代初的西藏牧区，在商品经济和信息革命前，裴庄欣拍摄过聂荣和班戈等地方，特别是嘉黎，与裴庄欣之前生活过的昌都接壤，地质地貌和百姓们的生活，与20世纪70年代的生活几乎一模一样。

在北京，裴庄欣讲着西藏牧区的故事。有人说1975年没有成立人民公社。裴庄欣告诉我，这是他的亲身经历。从财产划定，比如二百只羊、五十头牛就算富牧，那时候三大领主已被推翻，富牧就相当于地主。裴庄欣他们就是为了成立人民公社才去的。裴庄欣是亲历者。裴庄欣把眼睛闭上，四十多年前的工作队、格尔贡乡的牧民，那些人、那些事情，重新在他眼前跳跃。草原上的人，不是抽象的，裴庄欣希望自己身上仍能散发出当年的气息。

他今天的微信朋友圈里，还有三个工作队的同事：刘军胜、王殿英，以及退休到了拉萨的拉巴。裴庄欣与他们都保持着联系。

在工作队，裴庄欣学会了抽烟。

1964年中国人民大学毕业的工作队的曹队长，是裴庄欣尊重的一位好老师。裴庄欣在他那里借了《普希金诗选》来读，在烛光里读，在草原上骑着马，高声地背诵着普希金的诗歌。

裴庄欣后来坚定地认为，这就是自己生活该有的样子，这是命定的存在与生活。裴庄欣坚信自己画西藏，不是因为去了西藏，而是因为，自己又回到了故乡。

20世纪80年代，裴庄欣写了十多页稿纸的文章，读给龚巧明他们那批作家听，刚念出"打从工作队进乡那天起"，屋子里的人都笑得滑到凳子下面去了，有的人拍着桌子，叫喊起来。

裴庄欣生气地把稿纸撕了，后来才知道，是自己太浓重的四川方言让他们发笑的。

近几天，拉萨的老朋友在微信朋友圈里发了一张照片，裴庄欣一眼就认出了其中一位是原来的隔壁邻居卓嘎。

卓嘎人好、热情，今天帮裴庄欣领一包馆里的福利副食品放门口，明天又买一壶甜茶。他还给过裴庄欣一张购烟票。

有次下乡，裴庄欣想做一个装油画的木头盒子，西藏革命展览馆的木工正在做私活，不想给他做。裴庄欣就站在院子里大声说，怎么能这么对待有馆长签字的工作，还扯到不能这样对待进藏的大学生。其实，木匠是一位老实的大叔，他马上跑出来说："小孩子不要在这里嚷了，今天下午就给你做一个。"木匠把裴庄欣拉进屋子里，裴庄欣仍装作很委屈和气愤的样子，其实，心里也虚得很。

裴庄欣只是一个美工，馆里要做的事很多，要上班，有大量布展的工作，包括和员工一起杀牦牛、晚上守夜，参加西郊菜地挖土、各种集体劳动、每周两次的晚间政治学习。

一个星期就一天假。

二

裴庄欣在西藏的时期，拉萨有二十多万人，大风、灰沙常常降临这座边疆小城。裴庄欣庆幸自己在那个时间段去了西藏。在那里，裴庄欣看到了藏族同胞千年持续不变的生活，切身感受到他们的善良。

人与人的交流，才是生活的本身。

1984 年，裴庄欣创作了表现民间生活的《草原上的锅庄舞》，该画入选第六届全国美展。单位没有批准他假期，他也没路费去北京，虽然西藏自治区就裴庄欣这一幅油画作品入选。

从 1985 年开始，裴庄欣结束了对牧区日常生活的描述。

每个人的经历不一样。裴庄欣曾经像鱼一样，从山沟里游出去，而今天，裴庄欣又必须回到那个山沟里去，我们也是如此。

裴庄欣是昌都地委宣传部的专业美工。在乡下，他画了很多速写。没有图钉，他就在烟熏火燎的屋子里，像晾衣服一样，用绳子把速写的画挂起来。像梦一样，烟雾中，那些被吹动的纸如风雪中日夜飘扬的经幡。

裴庄欣一天到晚拿着速写本，不停地画面对的一切对象，画颤抖中的感受！裴庄欣摸到了自己的心跳。

漂泊太久，那些速写，现在都不知道去了哪里。但裴庄欣没有遗憾，因为新的感受和理解不断到来，他拥抱着自己奔腾的灵感。

裴庄欣对得起时代给予的这一切，他把自己放在尘埃中，只要活着，就有生活，这是他给出的生活警示。

　　裴庄欣假设自己是一匹马或者一头牦牛，在西藏走了很多的路，他接受自己是一名当地艺人的事实。生命的觉醒，就出现在乡下，出现在人与人之间。

　　在那曲地区写生，租不起一匹马，就向遥远的牧民帐篷走去。路上的疲倦、风雪吹爆的脸，遮蔽不了激情的眼神，藏族兄弟们像看外星人一样地看着裴庄欣，他们不知道画能有什么用处。

　　裴庄欣像幽灵一样，出现在那儿的废墟里，而在山峰下，裴庄欣像峡谷里的蜜蜂掉进了花丛中。

　　日喀则是裴庄欣当年的一条黄金线，因为通公交车，全程花二十块钱。第一站，到白居寺，这是一个巨大的、无穷的宝库，白居塔是一个大型的博物馆，佛塔的每一层，里面都有辉煌的壁画。

　　公交车再往前二三十公里，就是与裴庄欣有很多缘分的夏鲁寺。墙上宋代的壁画，是西藏受尼泊尔艺术影响较大的作品。在夏鲁寺，裴庄欣看到了大量的汉砖、汉瓦。

　　夏鲁寺与汉地的关系很好，交往密切，回廊上有极为独特的壁画，两米高的空间，美到让裴庄欣至今仍在留恋。

　　到达下一站之前，有一个纳塘寺，公交车中间不停，裴庄欣没有去过，那是一个废墟的名字，但裴庄欣听到过纳塘寺的呼唤，远远地望着废墟上的辉煌……村子一晃而过。

　　沿途可以看到很多东西，公交车很快到了扎什伦布寺，西藏的重镇，有曲英多杰的壁画，有辉煌的大佛。让裴庄欣狂喜的是，在寺院里行走的众生，每个人的身体都散发出千年的光影。他想上去拥抱他们，感谢这些行走在建筑里的僧人和朝拜者。人让建筑生动起来。

　　班禅的行宫，裴庄欣是跟中央美院的一个教授去的。

　　再花上二十块钱，一个星期只有一班公交车，坐到萨迦寺——传说中的元代帝王送给八思巴的礼物。

　　这条黄金线除了给予裴庄欣无尽的艺术启示，也留下了人生路途上许多难忘的美好故事。

　　裴庄欣固执地认为，自己感受到的最大的爱在西藏，正因为人生的幸运与不便言说的灾难之间形成的强烈冲突，才有了裴庄欣这一路绽放的艺术生命之花，虽然旅途颠沛、劳累。

　　在拉萨，裴庄欣住在十平方米的房子里，画出了许多作品，也结交了很多朋友。

　　壁画上的每一道印痕都在说话。裴庄欣拍了很多照片。三十多年后，裴庄欣用一台简单的扫描仪，请姐妹们慢慢地扫描，竟扫描了上万张照片。拿着照片，裴庄欣再次看到了自己走过的路。

　　照片是在1982到1987年拍的。裴庄欣说，人们在寻找阳光，寻找角度，但愿我自己就是那些阳光，那些土地，带给他们启迪。有些人去西藏，想拯救自己失控的灵魂，而我在那里，平静地度过了自己最美好的青春。

三

　　裴庄欣不吭一声地把自己藏在美国新泽西的乡下。二十年后，裴庄欣在那里有了自己的一片天地，完成了生命的另一个周期。

　　很多艺术大师都有着极限的人格，特别是现当代艺术，他们不再是哲学的符号，艺术大师的魅力大都是用命换来的。

　　在裴庄欣的画室里，FM电台节目和音乐常年陪伴着他，他的每一笔色彩里，都有音乐的旋律左冲右突。这就是裴庄欣的生活，一年三百六十五天，一个画架，一把椅子，在古典音乐的荡漾下，十年、二十年……

　　裴庄欣热爱拉赫玛尼诺夫。有人认为拉赫玛尼诺夫不是第一流的艺术家，但裴庄欣总是喜欢一切极端个人化的东西，包括音乐家。

在新泽西，裴庄欣是一个受人尊重的艺术家，很多大公司的总裁、大学里的知名教授和当地的法官是在经过专业团队考察后，才来找裴庄欣画画的。大家都认为，这亚洲老头，这中国老头，不得了。

在西藏，裴庄欣画西藏；在四川，裴庄欣画西藏；在北京，裴庄欣画西藏；在美国，裴庄欣还是在画西藏。

裴庄欣收集了几万张图片，世界各地的博物馆、网络上喜马拉雅文明的海量图像，他专注于一切相关图像的语言。巨大的资料库，庞大的体量和古今信息支撑着裴庄欣的每一幅作品，他自如进出，把图像的神采放进颜色里，就像把出生的婴儿，轻轻地放在摇篮曲里。

裴庄欣的画，即使想表达的思想与西藏无关，即使用的笔和色彩与西藏无关，即使所画的具体内容与西藏无关，但当欣赏者从画布前走出几步远，转身，再看，看到的，还是西藏……近期的蓝莲花，画的基因，还是西藏……充满了神圣的西藏……

裴庄欣画过一些寻找儿子的主题作品。裴庄欣也是在寻找自己。

裴庄欣愉快地接受世间的一切，这也是基因决定的，基因决定了他的快乐和热情。他的专注和执拗，都是祖传的，历世累劫。

寻找儿子的系列，是在寻求对话，用看似不伦不类的语境，如喜马拉雅的神灵语境，如大象之死，涅槃的场景——过去的符号和图像，在今天的画笔和色彩里，变成了另外的象征。

画中，木头人是儿子。"木头人"系列，裴庄欣走出了宗教和政治，他用极其微小的感受来表现冲突的世界，不再行进在宏大的政治和巨人的行列之中，也远离了灾难的事件。

在裴庄欣夫妇加起来近九十岁的这一年，他们才有了孩子。

孩子三岁，裴庄欣画了孩子。

西藏已成为无限的遥远之地，遥远的恍惚之中，裴庄欣怀疑西藏的真实性。看着三岁的孩子，裴庄欣画孩子生活在西藏。身在美国的裴庄欣，久久地看着，然后，他——又来到了中国的西藏。裴庄欣曾把西藏画得庄严又忧伤，那时，他的灵魂空间里装着的西藏一部分是废墟，一部分是神圣，一部分是简朴。

裴庄欣的心灵，从幼时开始，就已荒芜：杂草和鲜花，果实和落叶，阳光和甘露，在裴庄欣的心里飘荡成一个个梦的影子。

2004 年，孩子四岁了，裴庄欣为孩子画了几张大画。一幅是《梦中的珠峰》，想象中的珠峰：无数次站在珠峰的不同角度，种种忧伤充斥于各种颜色之中，裴庄欣称之为伪浪漫主义，因为一切是虚构的。

孩子五岁，裴庄欣又画了他，裴庄欣用这种形式来缅怀自己。孩子是裴庄欣的灵童，皮肤比白人还白，裴庄欣从自己内心的画板上蘸了点蓝色，重重地涂抹在画布上，大面积的蓝，形成一个自闭的空间。蓝色，包含着坚韧和快乐。

孩子十八岁这年，裴庄欣对我二十二岁的女儿说："我希望每一个人，首先是人格独立，人格自由，这是人绝对的核心——是至高无上的原则，无一能被替代。如果哪天我快要死了，我谁也不求，我会提前找一个完全封闭的地方，让自己在那里生活，在那里慢慢地、孤独地、有尊严地死去。"

四

丹萨替与蓝莲花

山南丹萨替全球知名，丹萨替是奇迹的象征。20 世纪 30 年代的图奇，这位意大利的学者和探险家，记录下了这个寺院。我在裴庄欣到过之后的第二十五年里，三次朝圣丹萨替。

丹萨替，一个名字，一种记忆。裴庄欣曾经拥有过她的美丽……

裴庄欣画了梦幻中的女神丹萨替，把复杂的爱和恨画在油布上。抽象的表达，写意出丹萨替烦琐的工艺制作。女神的躯干、身姿的流动、背部的线条、眼神的光彩，裴庄欣把经历过的磨难，都堆积在色彩里，这是解脱的开始，是升华的必由之路。

2018年夏天，裴庄欣把苦难升华成一朵朵灿烂的蓝莲花，蓬勃着今天的气息。我每次看见，生命的流水都会静下来。弯腰，俯身相迎——迎接我的前世和未来，一切在裴庄欣的蓝莲花面前，进入实有，成为虚空，一切——因为重要，而不再重要。

蓝莲花，这个古文明的概念，从玛雅文明、埃及法老，从古印度教到中原变成牡丹。古老的学说支撑着裴庄欣不断地画出一朵朵生命力旺盛的蓝莲花。

裴庄欣的心，需要休息。佛魔鬼怪，成为裴庄欣更个人化的东西。裴庄欣走得很远，从空间到时间，在艺术之灵的推动下，裴庄欣想到什么，就画什么。

艺术家必须用世界性的语言——符号、颜色、线条来表达，而不再是个人的痛苦，不再是一个个具体的面孔，或某一个民族的形象。

裴庄欣不再需要绝对清晰的事物，需要的是把它们抽象化。

裴庄欣不再纠缠于过往，不再纠缠于个人的语言，裴庄欣有了更遥远的未来。

直起腰来，裴庄欣看见了大海上的蓝莲花，再度唤醒生命中的激情，从一个纠结走进另一个纠结。这些纠结，其实只是一种托词，一种激动的元素。

我捧着这一簇簇蓝莲花，回到湖面，回到喜玛拉雅的灿烂文明里，应和着裴庄欣这位艺术家生命的一切欢乐迹象，包括痛苦和激情。

尤其包括我所景仰的艺术天赋……

一点撒谎的空间都没有

裴庄欣相信自己在生命最后的六分之一，一定会发出最灿烂的光辉，以至于在每一个阶段，裴庄欣都在勤奋地、不停地画画。

在那批自我分析的画和虚构的形象中，裴庄欣超越了自己。

裴庄欣的热爱，不是因为宗教，不是因为特殊的地理地貌。

只是因为不能重复自己。

裴庄欣不喜欢在工作的时候有人闯进画室，不然，那就像受到了某种侵犯。

我读到一篇对裴庄欣的采访——《西藏的奥德赛》。我给远在美国的裴庄欣发了一条短信："每个人都有自己的哈姆莱特，有自己的奥德赛，也有自己的佛陀！每个人也有自己爱着的人。我只是站在你的作品前，站在你生活的洪流之外，来理解你——对你作品的敬重，和一次次道别。"裴庄欣喜欢那些穿透黑夜的灯光，射向天空，好像一无所为，但我们都看到了光——裴庄欣，出发的道路。

裴庄欣微信回复我："最近睡眠很差，失眠，年轻时就这样，到现在。"

裴庄欣做事情容易激动，专注，自然容易患病。——我们谁又没有病呢！

裴庄欣把自己放在一个有病的状态来对待和理解，于是就原谅了自己。

现在的裴庄欣，早已不再写生，裴庄欣写的是心，不断地从内心寻找世界。

裴庄欣总是与我说，在今天再来谈具象及物质，没任何意思。

裴庄欣看重的是精神再创造，看重的是图像中是否存在——自我的重生。

为什么要沉迷于熟悉的创作方法呢？挑战自己才是最好的勇士。

有些画，是裴庄欣一口气画完的，几个小时连续地画，不吃不喝。如果不一口气画完，就再也没有机会去画了。

裴庄欣新画了一些小品画，用很直接的颜色来说明心情，表达观点。

裴庄欣说，我在中国西藏二十年，在美国三十年，一点撒谎的空间都没有，我不需要讨好谁！

在我将去《西藏人文地理》杂志工作前，裴庄欣对我说："生活会给你一切滋养，能自己感受的就去感受。"

无上的喜悦

这幅作品已经没有了主题，没有了国家的界线，色彩喷涌成裴庄欣生命的花瓣。原来的清晰过往，曾经的明确所指，在强烈的颜色冲击下，突破了象征，裴庄欣不断地叠加、涂抹，形体已不重要，所能想起来的美好，都在这些圆里，刮出的线条，没有调整的可能，一点机会都没有。为了保持颜色的纯净，裴庄欣拒绝调和，和生命一样，调和——色彩就会消失了。

裴庄欣需要的，是把画布变成生命的胚胎。

有些画，说出了事物的悲痛。有些画，说出了生命的癫狂。有些，是无上的喜悦。

我从裴庄欣的画室回到自己的书房，远远地看着他的方向。他的画，一幅幅如祥光，扑向我的眼睛，希望下一次能看到他悲与乐的中道，愤懑与喜欢的中道，没有昨天与明天的中道。

人神的幻影

1988 年栗宪庭主编的有很强史料性的《美术》杂志发表了《人神的幻影》，三十多年后裴庄欣才知道这件事情。

他与大昭寺

西藏自治区文管会让裴庄欣去大昭寺临摹壁画——大概是 12 世纪到 13 世纪之间的壁画，每天给他两块钱的补助。

他白天上班，晚上骑自行车去临摹，画好之后，交给文管会，报酬却是允许他另外临摹两张，让他带走。

二楼平常是不让人上去的。

他的临摹不会损害壁画。

他把塑料布用胶带粘在墙上，隔着塑料布开始勾线，拿下来，用针扎眼，印到包装布上。他用的是一个邮寄包裹的布袋，上面还有收信人的地址等信息。

大学毕业那会儿，他从民俗中间获得美，画了一大批藏族的风土人情、牧区藏族同胞生活的系列作品。

1985 年以后，宗教艺术打开了他对美的理解之道，他不再涉及民俗。宗教生活的力量太强大，与相不相信没有关系，他不得不承认它对每个人的影响。

他画出了《大昭寺》系列作品。大昭寺，是他全部宗教题材的源头。

传说，晚上常常有一位度母会为人世间的苦难偷偷流泪。这个故事总是涌动在他的头脑里，他想起一个牧羊女，一直以来，他有一个梦想，把她放在大昭寺白度母佛像前，完成这幅作品。

去其他寺庙都要骑车，而去大昭寺，走半小时就到了。他从西藏革命展览馆走过去。大昭寺举行任何大型宗教活动，他都通过朋友，想办法冲在最前面去拍照。

沙　漏

他太自信，竟然把生活的全部画在一块画布上。

他画了一个又一个的肖像，没这些脸孔，世界的存在显得如此虚幻。

戴上眼镜，想看清更远的前景，想看清最近的微小之物。瞧他那似笑非笑的表情！好吧，那交出他的青春？不要不承认，他的记忆不存在于皱纹里。

青春的颜色和老年一样，富足得很不真实。只是，青春在不断地表达，用奔跑，用惧怕，用紧张，用行动，用措辞激烈的气势；用胆怯，用委屈，用低下的头颅同退却的眼神；用求生的欲望，用无节制的工作，进入各种歪门邪道和正路。至于效果，与我的沉默、寂照、冥想相差无几。

他没有讨好的笔画和颜色，我没办法不接受他的美学、他的表现，他的解构、他的天赋才华：他用沙漏重新给世界和生活布局。在不可为而为之的线条框里变化尺寸和大小，变化主题和人物，发现他创造的生命、时间和事物。

——两个沙漏：

一个构成我们的全部；

一个构成他的每一幅作品。

开放吧，蓝莲花

开放吧，蓝莲花。

蓝莲花，虚空之像。色彩冲撞成虚无之美，生命的世界里，一切因为相互接受而和美。

开放吧，蓝莲花。

花蕊流淌成大江大河，柔软地奔涌于四面八方。

河流的蓝色，长成神圣的花瓣，舒展的每一根手指，在悠长的音乐中慢慢地收拢、开放。有的平躺着偶尔看看天空，偶尔透过身体的另一部分俯视大地，看看生命的奔腾。有些在下午的闲暇时光里追忆未来的样子。

他的花瓣，受土地滋养，远处的晨光，对应着夜晚的星星，托举在叶片的花苞里，展现花蕊的流动，那呼之欲出的力量。

每一个人生短暂到突然就会结束。短暂的符号成为生命本身——意义自然昭显：人与人、人与物、人与世界映照的感情，在曾经残酷的时间里，握手言欢……

被蓝莲花祝福的生活

他到底经历了什么？

——蓝莲花，突然开满了整个世界。

我们的世界、他的过往和未来，被蓝莲花祝福。

——我相信这一悠远的表达是如此地契合他的心意。

蓝莲花不会遮蔽过往。因为他无穷尽的经历，才有这一朵朵惊艳于世的蓝莲花——开满尘埃遍地的生活。

他的歌声里，只有蓝莲花的旋律。

他用蓝莲花来总结他被蓝莲花祝福的生活。

普姆，我来了

普姆，谁来了？

我去看她，在草原低低的小盆地里。我骑马站在小山坡上，她的村子突然出现在眼前。

远处，雪山起伏。

我累了，离她的房子越来越近。

我不是来寻找迷失的自己，不是来寻找梦中的过去，不是来寻找继续生活的勇气。

我不是一个病人，我不是有所图的人，我不是侵犯他者利益的人。

——我是西藏的一棵草，一棵树，一块石头，是西藏的阳光和冰天雪地。

只有普姆，才不会把我归类。

我渴了，在外面喊了一声，普姆。

她推开门帘，和家人一起，招呼我进去，她正准备给我倒茶。

普姆，我来了。

牛粪墙

世界上最香的墙，是牛粪墙。

我们把西藏的牛粪饼带回了北京，偶尔掰一点，放在香炉里，点着，所爱的人，就会在缥缈的香气中闻到草原的味道。

这是牧区人家的牛粪墙。

牛粪墙，马儿住在里面。

牛粪墙，花儿住在里面。

牛粪墙，普姆住在里面。

牛粪墙，梦境住在里面。

牛粪墙，房子住在里面。

牛粪墙，还有谁住在里面？

我一直在写牛粪，一直在写近在咫尺的草原，我不敢写普姆，因为我最爱的，是她。她那么纯粹、美好。

殿　堂

四十年以后的夏天，裴庄欣把手稿装了框，画后面还是以前的一块包装布。

从 1979 年到现在，他没有变，一直争取着走在同一条路上。

《殿堂》这样的作品，他骨子里就喜欢这些。

即使外在之物消失不见，他还是看见了时间厚重的祝福，一层一层地叠加，时间发着光，透过尘埃，点亮敬畏的灯。

殿堂延伸着敬畏……

飞越喜马拉雅

以前，他喜欢自己穿着袈裟，在画里闲逛，或者显出庄严像。

那些年拍的海量照片，成为方法上的一扇门。

任何想出来的东西，不能叫写实。

千佛的旁边

他站在千佛的旁边，阳光照着两堵墙中的另一堵墙。

隐在声音里，藏在图像之外。

他能成全美好，他能成全无限的想念。

晕　眩

在他的画室，美在晕眩给视觉带来的愉悦。我进到他的颜色里，幻化成不可复制的细节。他的色彩，抒发着西藏的高和远，西藏的大和小。他的经历，就是艺术的流变。他画的是有自然主义倾向的作品。他老去大昭寺，那里的喇嘛都认识他。这一幅画，画的是松赞干布和文成公主殿。古老的角落里，人从里面走出来，一个微型的梯形构图。

这是 1986 年，他开了一纸证明，在里面画了一个星期。

向米开朗基罗致敬

裴庄欣经常说到这幅画。

在布达拉宫下面那个小泥巴房子里，十平方米，这幅画显得奇奇怪怪的。米开朗基罗，不，……是基督……从十字架上被放下来……——他未完成的作品。

他热爱贝多芬与米开朗基罗，那批残的雕塑，没完成的、他最喜欢的元素都在里面。

天　使

天使的翅膀落在地上——被他者袭击的苦难，承受着莫名的责难。

过去的符号已经改变——他认为事物会得到谅解。

对　话

石头伸向流水，石头隆起自己的肩膀伸出手臂，护水而行。水成潭，成河。红花倒影，他渴望对话。

他的寻找——儿子就在他身边。

心

他有一座森林，有一条宽敞的路通向一条路。只需要寻找，便可发现。

闭上眼睛，不说话，深居内心，与树叶为伴。

1983 年，他给自己画过一片树叶。

这是第二次，他给自己贴上标签：一张、两张、三张。通过自己，他把自己推翻。

不要再贴了，好吧！说吧！把内心那些美好的名字，说出来。

下雪天

羊群，走向虚无。
众生，忘记了颂唱。

裴庄欣

本文主人公裴庄欣，1956 年出生于四川成都，1971 年到西藏昌都工作，1978 年考入四川美术学院油画系。大学毕业后，裴庄欣重返西藏工作，1989 年获"美中文化教育交流基金会"奖学金，就读于美国纽约州立大学艺术系，现常居于北京、旧金山两地。

裴庄欣为中国美术家协会会员，同时也是西藏自治区美术家协会和摄影家协会会员。

缺 席 者

一

乡村老师与学生的密切关系，让我改变了对学校的看法。不久前，乡村老师发了一条她拍摄的短视频。凌晨，天没大亮，她和另一位老师带着寄宿学生们，在乡村的一条路上晨跑，我想到了战士们的拉练和急行军。晨曦微露，植物繁盛，第一个出现在镜头里的是一位个子稍微高点的男同学，一个同学紧接着一个同学，队伍紧凑，没半点的稀疏和急慢感，学生们真的做到了严肃而活泼。

乡村老师和学生们相处的方式也稍微有些特殊。她写过一篇作品。下午放学，她与寄宿的一位学生打乒乓球。几分钟后，同学们排起了长队，要与乡村老师过招，想与老师打球，也想打赢球，这些都是学生们的真实想法。乡村老师不会让孩子们失望，她还不断地给学生口头鼓励。

第二天上午，一位走读的同学到老师办公室，说："老师，您偏心，您昨天与寄宿学生们打球了，听说您的球打得特别好，我要挑战您。"

乡村老师接下了挑战书，中午课间休息如约来到球台，她发现走读的学生们在那位挑战者的后面排着队，等着与老师打球、对决。

乡村老师爱好运动，学过体育教育，但她从懵懂少年开始，就热爱文学。她有写日记的习惯。与农村里的学生们接触不到一年，她就发现了学生群体的特殊性和不断的变化性。

尤其是近十五年以来，她的学生，大部分是留守学生，与爷爷奶奶或外公外婆生活在一起，还有的与姨婆婆之类的亲人在一起居住。对于这些孩子，生活上谈不上被照顾，就是吃饱了、穿暖和了。学生们的父母都在外地工作，一年能回家一次已经很不错了。

乡村老师在学校已经二十多年。从 2007 年开始，学校应允了家长们多年的要求，数量相当多的留守学生终于可以寄宿在农村的学校了，每周每位老师要值一个晚班陪寄宿学生。

乡村老师的日记一天天在增厚，记录的都是与孩子们相关的事情。后来，她发现日记本里，写学校留守儿童生活的比重越来越多，这些孩子的变化，发生的故事，比平常孩子要多，也成为乡村老师关注的重点，她更多的是一种揪心和担心。乡村老师不自觉地把更多的文字落在这些留守学生身上。

乡村老师教的学生，各个年级的都有，大部分是小学一年级到五年级，农村里的初中生也教过几年。这些年里，她发现自己的日记里原本零碎的很多故事，在几个月或一年之后，有些甚至跨度三五年，短的就几天，故事不断有下文，像电视连续剧，意想不到的各种转机，想都想不到的事情在持续发生着。很多事，浮出纷杂的时间表象，出现在乡村老师面前的是一个个留守儿童的成长轨迹。在这些轨迹中，各种事情如礁石露出水面，时间把事件一点点地连接起来。

在乡村老师的文章里，我时刻感受着那种母亲对孩子的爱，对孩子成长的好奇心，与孩子的各种用心相处，她——不再仅仅是一位老师。

父母不在身边，留守学生们把本属于与父母的交流，给了他们的乡村老师，用各种方式把乡村老师当成父母来依靠。

二

那位留守学生为什么不喜欢说话？她为什么每次都是爷爷接送？这位留守学生有了电话手表之后，开心了很多，她告诉乡村老师："手表是妈妈买的，妈妈说很想我，年底妈妈会来看我。"三年里，乡村老师只见过这位留守学生的母亲三次。孩子说："我读四年级了，也只看见过母亲三次。"

乡村老师大量地记录着留守学生与同学们之间的关系，记录着留守学生与各位老师的关系，记录着留守学生与父母的关系，记录着留守学生与陪伴者的关系。这些关系，构成了留守学生的世界，乡村老师把关系梳理出来，给社会提供了一份生动的留守学生档案。

曾经，我们知道的只是一些留守学生的数据。学者和专家，或者说作家们的调查，也只能是一天、十天、一百天，或三五年。但乡村老师身居其中二十年，她每天与这些留守学生在一起，他们的关系不是建立在调查对象的基础上，乡村老师和留守学生之间有一种相互的爱、融合的信任，以及依恋。

孩子的爱与成人世界不一样，孩子们更能感受到，爱的方向！

三

无论是留守学生还是社会中的人，对于很多事情的判断，首先的反应是有什么用？功效是什么？明天可以把学生的分数提上来吗？

对于这些常态性的短浅目光和肤浅的质疑——无从解释。

但乡村老师坚持在自己的班上，做一些看起来没直接功效的事情。乡村老师让孩子们轮流来读一些经典名著，进行一些即兴的话剧式的表演，利用各种读书时间开读书会。这些安排，好像占用了学生们的教学时间，但这些是生之为人的土壤所必须的肥料，亦如种子，种在孩子们的心里，一定会滋养他们日后的生活。只有富足的土地，才能长出各种繁盛的植物。

乡村老师经常带孩子们到田地里去感受花的香味，感受稻谷在田地里四季的变化，感受每个人的身心在这种种变化中产生的种种微妙体会。

这些孩子，这些留守学生，他们的父母，成了他们生活的缺席者。

我们需要留守学生的第一手资料，更需要听到留守学生的心里话，看到留守学生的心灵映象，知道留守学生们在想什么！

有多少人，真正地与留守学生共情共义？

乡村老师把留守学生们的一些线索拉出来，把留守学生们的生活直接展现，让我们在阅读中知道，身为父亲、母亲、爷爷、奶奶，身为一位社会人，应该为这些留守学生做些什么，也让我们知道，我们应该怎么去做。

我相信，通过这位乡村老师的社会学式的非虚构文学作品，我们能够看到留守学生们的一些单纯想法，以及社会该有的反思。

他者的止观

沧海月明珠有泪，
蓝田日暖玉生烟。

——李商隐

意领神会——感受诗人的震颤。一个个字，从无始中来，瞬间的恍
惚，在情真意切的专注中：字成词，与声音一起，共同构成富足的至真
至诚的情感——与诗人会心一笑。

无论是悲凉的河水，深切地想念一个远去的人，还是忧国为民的痛
在身心里奔涌，灰色的天空之下，总有一种浅浅的意蕴，让人心生暖
意，这就是《锦瑟》。

高贵、精美的瑟，五十根弦，共鸣于那过往的年华。

凄美到极致的蝴蝶和杜鹃，还有居住在水里的鲛人，他们流泪，没
有声音，如流血——泣而成珠。

瑟的旋律如玉如烟，从过去的缥缈中来到今天。

而心已惘然。

对所有旧事物的回归或重建，
而不是将它们彻底肃清。
——弗雷德里克·詹姆逊

从最细微、细小的生命，颤颤巍巍地开始。风低低地流过沙地，不吹起一粒尘埃。风的缝隙里，光阴，时幻而时灭，一呼又一吸，——敬畏自然的生长。说的是谁？你不放心，又问了一次。问得那么轻盈，像打听一点嫩芽，什么时候成为叶子。问的过程，因为太仔细，太细致，时间长了些。你坐在椅子上，夜涨上你的膝盖，爬上你的肩膀。你不断地问自己，问着，问着，你有点惊慌。人类活在一切结构里？人类徒有其表？人类可以转换？从一个念头到另一个完全不同的举止？

一滴水落在你身上，是夜雾，凝视成珠。众多问题还是指向你。因为，你在不断地发问，你已经正式走在一条问天的路上，蚂蚁构建了一个本质！当然，你有很断然、刚毅的时候，这种时刻很多，你的身边人补充。一个构建就这样完成了：和风、问题、叶子、露珠、蚂蚁。只要有结构，只要站立在夜色中，就是一种永恒的存在。十行文字，排着队，只有文字才能让你松开拳头。一只蚂蚁，昂首挺胸，站在你的掌心，它完成了对人类，最初的高贵表达。——过去有高贵的人？——那现在有吗？——没有！——有！——那你凭什么指责这个时代？——你为什么不去做一个高贵的人？一只蚂蚁完成了对所有人的质问，不容置疑。这也是你设置的一个结构。

你习惯了写日记。翻到前半部分，尼罗河的章节，风景爬满了窗户。一天天的事情，记录无数，密密麻麻的文字，还有数字，那是钱币。当然，你还写到了窗户、两扇门的四个方向。土、太阳、河流、姗姗来迟的森林，对应土、金、水、木。你在悄悄布阵，施网。

站在流水中，流动的记忆，沉寂在河床深处，石子被流沙、流水轻轻推涌。岸上的树木，招待你的目光，上岸吧。灵魂打了一个激灵，醒了。树林后面的雨雾，随晨光升起。猴子太好动了，镜头里，没有狮子，只有一只、两只、三只，无数只孤独的蚂蚁，在春天的大地上，随花舒展。颂词里的粮食，诗歌里的火，温暖着每一间茅草屋，蚂蚁的冥想和孤独，沙砾长出了植物。晚上，有了泪水。你悄悄收藏。

就是要像这样如实地觉知事物，
我们不是它们的主人，
无力控制它们。

——阿姜查

神庭——神住的庭院。你默想着，默念着，一遍遍。感应大自然的每一次震颤。玉蝴蝶，闪着白光，飞进树林。根，与浪迹的水，在土里，开着花，向你点头，说着星光下的蝴蝶。你用意领神会的方式，冲上一条果断的路，往山坡上走。

你努力做到心神安定，露珠，滴落；神明，清朗；晶亮的眼神。奔走、呼喊远古的神，树叶落满了山坡，风睡在泥土里，通过小小的树枝，窥视你的灵敏，你始终爱着这些轻微的事物。

夜晚着色，星星在更远的地方，不想让人看见，你把悲凉刻进文字里，你抱起孤独的影子，无足轻重的事情被一而再，再而三地渲染。至于你，自然是水落，石出。看着自己的呼吸，你分辨出微妙与微妙之间的细小变化。

冥想的晚安，浮出睡眠的昏沉。你睁开眼睛。

不可抵御的文字，结出果子，你是自己的神明：宗教般的戒律、信守植物对大地的忠贞、相信风对于雨水的眷顾……你才开始，你继续在说，继续在做：树，茂盛于自己的每一片绿叶，健康及呼吸，根随水流出树叶的范围，颔首告别。

花，美得天真；含苞待放，美着；打苞绽放，美着。你从天真入手，花簇拥，花开放。你用的是句号，没有疑惑，只是如花般，唱诵。仪式是生命的表象，你的颂词赞美天真。《黄帝内经》重点就落在天真上。而，太多的复杂伤害，已经在路上奔跑。花朵布道。灵魂高颂。置身于花的世界，路把你引来，把生锈的铁门打开，你推开门，让路进去。世间的所有事物成了花瓣里的一个细节。你继续凝望。伤感的水池里泛着绿光，你站在雨水里，长长久久地站着，雨水在你身上流畅成线，你听到了浪花声，听到了礁石呼喊海浪的声音，雨太大了，慢慢地，你听到花丛里的雨水，滴落在阳光下的声音……

力量，跑起来，有了速度，拳头与阴影纠缠在一起，力在身体的摆动中甩出。多少年过去了，力量藏身。时间流过时间——有远去的时间，有只是经过的时间，有些时间停在你的身体里，有些时间站在远处，看着你，戴着你的面具。

你有了支持者，你从蚂蚁、树叶、根、花朵开始：谁也摆脱不了蚂蚁的命运，群山中的一棵树、城市里的一个人、一个国家的城市、太阳系里的地球，还有那么多的星星，都是蚂蚁；树叶破芽、婴孩学步的颤颤巍巍、城市的拆、雪山的融化，都是你所描写的树叶；树的根，一个人的根在哪里？城市的根？民族的根？你是一个美好的人，心情美好地看着植物开花，这是一种愿力，一种动作……任何一个细节里，都有详尽的抱负，向母亲交代一生的追求，江河远道而来，侵蚀着村庄里的钟鼓楼。时间鸣响，人神共栖。

画面在移动，浪花飞溅，河水，声音洪大。你把画面推到眼前，细枝末节，弯弯曲曲。江河流在远方，你描摹江河；江河流在眼前，你俯身相亲；江河留在暗处，你用反思怒吼、咆哮……

对人生有系统的反思的思想。

——冯友兰

你看见一个被设置了的世界——森林。捡起第一根树枝，顺势弯腰，躲过一根树枝，走进森林，站在稍微开阔之地，手接住从树叶上滴落的雨水。历经数万年，你高声诵唱自己的诗句。生活汹涌地展现在你面前，好像完全不顾及这万亩森林的存在。你像一只鸟，待在树林里，接近每一棵树，要达到树一样的生活是一种能力。生活省略了太多的细节和高贵。

城市里的树不多了，鸟只是飞过。你从湖边来到城市，你去过云贵高原，到过更远的地方，你带着一片片森林，你知道树的真实状态，你如一只鸟带着城市的姓氏来顶礼一座座森林。你爱着天空中飞翔的符号，一笔一画。仰头，阳光透过云层，白晃晃的。鸟，拍翅，伸展，凝滞不动，滑翔，风景变化。

你爱着天空中那孤独的征服者，美的受降者。你把雪花当成羽翼，把茫茫之境当成森林。森林是流动的，流出音乐，流出翅膀的行踪。

从原初，到数万年，你把铜镜擦了又擦，灰尘里的时光，永远可以回忆出森林的模样，你爱着美的一个个细节，你反思：从一到万的弯曲……森林里的狼，卷起时间的尘土和杂草。狼，隐在森林里，藏身于人群，啃噬着夜晚的雪地。凌晨，独起。你原谅了一切狼的凶狠，一场铺天盖地的大雪，你原谅了一切，何况一匹狼——你在森林的保护下，反思一次美的暴动是如何让一棵苍天大树老死在林子里，横跨数万株奇花异草，腾出一片小小的空地。空，你指的是天空；地，指的是大地。

美在反思中扇动冰冻的翅膀，温暖回流，一点点，你听到裂开的脆响，激荡山谷，你看到孩童向你伸开小手，跌跌撞撞地跑向你……你想把人性比喻为湖泊，一望无际，白白茫茫，明明了了的开阔。

你在继续，你想草草结尾，文字不允许，森林不允许。森林里到处都是图腾，一种种传说，一面面镜子，你是一个不断擦拭镜子的人。一个众人外出、众神归来的下午，你看见了镜子里浓密的森林上空那一只只飞翔的鸟……

都会消失的，具象的物——森林、鸟、狼、花、流水、鸣叫和嘲讽……都会在不同的地点等你，一切都如此具象。你所说的灵魂、黑暗，那你到底看见了什么？把诗歌刻在石碑的第一行，启示你，跟着地上的指示线条，往前走，往具象的另一面走。另一面是什么？时间知道。如但丁走进地狱，雨水落进湖泊，光线照进森林，石头落进海底……如温存的大犬，闭上眼睛，如孩子在睡梦中看见一座山，如剖开岩石的心脏……这是另一面，你摸到一根树枝，看见了嫩芽，闻到了花香……你听到有人在屋外走动，流动的群山，安静坐在你的窗外……你明白，自己在写一首黑暗的颂歌，全是具象的物质，站在你面前，栩栩如生，等你检阅。

于是你闻。于是，停止一切动作，静静地看——身体在黑暗中的变化，刚猛有力的拳头松开，如根，伸进泥土，有多少人看见了自己的动作，有多少人看见了自己的想法，有多少人看见自己上一步做了什么，下一步又准备做什么？不要以为具象的物质没有思考你的冷淡。

时间留在阳光的石头上，灵魂不灭的灯塔，来到海边，寻找你的灯塔，你想知道，时间对天空做了些什么？时间是如何回复海浪的！你想知道大地与天空是否歃血为盟：在具象的物质面前，你信任了自己，和解了自己，你知道自己在沉睡的时间，是物质在看护着你。

暗喻的程度，

将绝对之物稍稍翻转，

就是对此物的暗喻。

——华莱士·史蒂文斯

　　不同的时间里，故乡，给人不同的触动。你离开那条密封的路，你把各种思路抹掉，然后忘记，没有了故事的头绪，纯净的故乡才会在时间的春天里，凿一条路，迎接一只蜜蜂回家，沉甸甸地想起风的一个钝角——父亲……你久久地想着父亲的模样，你学他的姿势，学他的某一个习惯性动作，并成为你的习惯，你久久地，没有写一个字……没有比喻，每一次都是向故乡走近一步，也是越来越远的痛。鸟、植物，地平线上一个又一个尊重之物。那么多的黑夜，侵入你的每一座城堡，昨天、今天、明天，一次次失守、遗弃、忘记。城堡里，每一块砖头，都刻着你的诗句。

　　给亲人写信的手、赤膊上阵的胸膛、给秋天浇灌泪水的眼睛、踩进雪地里的脚印。其实，总有一个你，当黑夜的藤蔓，爬进石头垒起的院墙，你守着的天，正一点点暗下来，你熟悉村里的每丘稻田，嫩枝开花，蚂蚁搬家，飞鸟归林，你都熟悉。有一个你，悄悄地离开了故乡，有一个你，在故乡收起露湿了的衣物。故乡下了一场雨，有一个你，听见雨水流过壕沟……

　　风会把这些人，带到城墙边，接受石头的审判；风会把他们带到郊外，风化他们。又一阵风，把告密者吹进惩罚的队伍。在深圳，在长沙，在贵阳，在北京，——你在故乡，端着唐朝的酒杯，一杯又一杯地请影子喝酒。用经文的语调谈论着告密者、得意洋洋者。影子喝多了，醉了，它才会走出来。影子早就想说这句话，就是这句话，把影子自身重创得七零八落，醉了，飘飘悠悠。至于那些告密者和欺凌者，影子会去收拾这一切，只是，那是很久以后的事情……等策兰说出那句早上的牛奶晚上喝的时候，其实，已经晚了；其实，到了后来，到了现在，策兰的受迫者，成了施暴者。告密者、压迫者、策兰，与唐朝有什么关系？——时间碎了，那么多时光；人碎了，那么多人……好在诗歌成了你的一匹马，奔跑、冲、追、杀，惩罚雪景、群山的施暴者，这一天肯定会来到。

这是一匹自然的马，一匹会反思的马，带上影子，踏碎那些惧怕者、违约者、虚无自大者，奔马的草原，扬尘的大道，群马喧嚣，内心静寂。马的嘶鸣，是一次碰杯，你扶起影子，上马扬鞭。一切才开始，一切永远，都是开始；一切永远，都是一种结束。

诗歌把春天的花瓣撒在苍山的云层里，光线穿透生活的合金，你迎请高贵的神——美——时间唯一的惧怕者。你坐在春天的席位里，用椅子藏起自己，用歌声让身体奔腾，水花打湿你的联想，戏剧已经到了第九场：诗歌的流水盛宴。临近美，临近孤独，临近一个人，临近两个人的相处，临近春天。戏剧继续。对自己已经没有什么要求，一切顺理成章，一切情投意合，你喊来云上的光线，喊醒春天里的花骨朵。汇合在你制作的戏剧里。你是导演，是演员，是深坐在椅子里的某一位观众，是剧场里飘荡的一个影子。一切刚刚好，好得恰如其分：春天的花骨朵，早晨的阳光，经过光线的云层。你起身，肩膀上的陶罐有些破损。泉水，流出一泓遗憾和歉意，一些时间拐着弯，站在镜子前，希望被你关注，希望给人看……总有人把你请上舞台，现身说事，你面对的方式很多，有化繁为简的招式。你翻开笔记本，把每一天的行程写在流水的账本上，见了谁，与谁在一起，说了些什么，你用流水账的日记本，记录下春天的流水，记录下友好的握手，记录下背影里的无奈，记录下流水中的日记……春天，开花；阳光，友爱。

你，把阳光，翻过来，给自己看。看到了冬天，开白花、红花，还有紫色的花，遍地都是，一朵接一朵。老学者陀爷，坐在青年的椅子前面，含泪悲泣地想告诉大家，他所看到的，他所听到的，他所想的。阳光也看见了，它的居高临下是出发前的一种姿势，集结了冬天里所有温暖的因素，往下俯冲，你不断察觉自身，包括翻转之物本身。翻转的过程，时时有无数个瞬间被陌生的空间抽空，你会想起很多人，会原谅很多人；继续翻过来，转动的瞬间，光影之间，你察觉到了细微的芬香，如此明了；身体与阳光继续翻转，花开满了整个边界；继续转，翻动，像一个球体，像另一扇窗户，像另一个南方，像一块没有反面的镜子。

你体会阳光流过土地的心情，体会树根深刻地对绿叶表白的欢喜。你经过一棵树，除了阳光，其余，都是陌生的，陌生的树，陌生的雪花，梦也不再是曾经的样子。你来到这里，只为寻到一棵树。而你，正在经过他。你到了所在之地，应该翻转了过来？无数个反面成了另一个正面。你坐下来，捧着陶土的杯子，喝水，端详一个面，你——忘记了力量，忘记了欲望。你捧着陶土杯子喝水，泪，一颗颗，成行，滴在暗暗的杯子里。你说，你看见了塔，白色的，你的泪水，来源于这些难题。喷涌而出的声音。今天，风的态度，坚决明朗，一点不含糊。事情到了下午，你的陶土杯沿，被手艺人，加以修改，接近你的念头。你爱着这位手艺人。

随着时间的进展，
词的原义会发生难以预料的变化。
——豪尔赫·路易斯·博尔赫斯

那里、这些、过去的事情，忽然之间，来到眼前，焦躁的河流，发源地已经不得而知，只是，在很远的一个地方，就已经蓄起。你小心翼翼地接近，长途跋涉，疲顿劳累。你的敬畏，点燃早晨的松柏，你跪下，为晨间的云雾，你让事与物，人与事，交汇、简单，让一切成一片。晨起，夜思于微凉中，暖意流——初春，走过家门的野兔，钻进池塘的水鸟，你说的是时间里的暖意，你说了春风里的歌声。有一个人，在你身边弹唱，你们说着时间的话题，说着百合花的孤独，说着海浪中的礁石。你说，孤独，是孤悬海外的凉意。关上门，一个人的房间，回忆花朵，开满山坡，灯光暗处，鲜花簇涌，淡淡地溢出。

你否认时间的孤独性，那些过去的事情，那里、这些，都是，都在的。你承认孤独中的感动，每一次时间的节骨，过往的事情，空了，才成为你往外看的窗户，你把美好寄予飞翔的羽毛，虚空的爱意，触手可及，你发现一个词直接扎进生活肌体——"庸常"：家园的注解、老家的猫、山里的夕阳，人们——无一幸免于"庸"，而成为"常"态，你只在努力地冲出、捅破这堵密不透风的墙。每次表达，生命一阵紧似一阵。"庸常"如雷，轰顶、紧随，你用"真"来抵抗，星光下，暗影处，叹唯一而精，精而进，进而升，升而华，华而有情、有意，顺山顺水，与庸常相别，所有救治的良药，于无觉中流淌于你身边，虽有江河相伴，虽你再次唱诵出冥色出蒙，空色出山。

时间飞逝，时间依在，一切在发生。时间就是你的软玉，集结了月光、雪、梅花，及四季最浓、最淡却无的空蒙。玉，系有一绳，穿环而结于端，悬虚空境，软玉如钟，无始无终，似左摇右晃。被放大的绳子，有形无形于时间的流程中，无所不在，无所不有，而无不有，——为道，内外远近，虚空云河，纤绳万千，拉着长长的纤绳，面对峡谷、激流，许多次，你用"力"来解决。负绳，如纤夫，立于滩。你站立的那一刻，你听到两岸猿声，在河岸，在峭壁，在石滩上一排排，在河面上回荡。父亲说，他有位民间秀才朋友，他的父辈、他本人就是纤夫，每每读到"两岸猿声啼不住"的诗句时，他会流泪，他说，那是纤夫拉纤时发出的声音。你握紧纤绳，离开河岸，把诗句的江河缚于绳端，你对应家国天下、草木江河，对应号子声声。

时间飞逝，时间依在，一个小女孩，对"庸常"的一次击打，小女孩，是成熟的人类。

必须维持道德秩序这一点是肯定的。
——谷川道雄

走在月光下，像一株植物，找到树林的影子；像一粒尘埃，贴近一粒石子。一滴水，回到天空。夜色中，老鹰一只只老去；一根枝藤爬上大树，又爬下来，向着大地，一点点生根，又冒出芽，伸向天空……人类与它们不同，人类失去了方向。你借助自己葆有的力量，希望精神找到正常的词汇天空，来呼吸，找到阳光。在黎明，醒来，不断为自己加油。等待的山羊站立，如岩石，在黑夜里，站成一个剪影，你看到了剪影，微微地动了动身体。你久久凝视黑夜中的山羊。不仅仅是救治一个个孩子，重要的是，救治你自己，救治需要救治的人类。

有了琴声，家乡屋檐下的燕子又回来了，它们莫名其妙地消失了很多年，很多个春天里，都没有燕子。老家的路也矮了，池塘里的水没之前深了，河流没有以前宽了，深了的是草木。群山里，人都不能进去了，之前，山上全是黄土，从山的这边跑向那边。

一次次出发，陌生与熟悉，于你，是一个同质的词语，你只写下那个城市的名字，写下触及你心灵的问候，流水般的记录，流水的天空，你空着，桃花源的后面，你打了一个逗号，你不会再问你的方言是否会被大地呼啸着卷进梦的深处。早晨，是梦的边界，在现实的枝头，鸣叫，你用汉字的节奏应和着——"心"。你坐在城市的森林里，欢欢喜喜地看着夜晚出生，看着黎明醒来，你的生死。

轻，飞离了物质的重。落地生根的重、压负于肩的物、世界之重，由没有重量的原子构成。你选择淡化后的轻。从盾牌的反光里，看见了女妖的头，从女妖的血液里诞生出飞马，马蹄踏出清泉，是女神饮水的地方……

你选择了轻，从重的词语中挪身，带走三秋的落叶，选择轻，如同选择爱。柔情的诵读，声音不会介意湖泊的宁静、江河的轰鸣。轻，是文字的归宿，激流在平静的审美中，你爱上湍急的河流，爱上水里的一片树叶，叶眉起笔，浅淡，加深的部位，握在你手上，你赞叹轻的澄明。春江潮水，涌动出。流动，从南方到北方的温情，你用诗句吟唱出生命中道义的重要性和不可或缺性。你说的，全部是爱。水声，灿烂，季风撩人，只要有雨水和光尘，你就会回忆起雪山上的马群——道义的守护神。

文字，安静地飞翔在林子里，树叶托住阳光，流动的不只是时光，还有尘埃，还有树叶、花草，还有蛛网，还有那些藏起来的鸟鸣声，还有你的抱负。心，一个你用生命唱诵的整体，完美地梦见，你爱着那一切，你恨着那些爱，你不是抱怨，不是走失，不是背叛，不是戏弄，不是自我放逐，不是无力的崩塌，不随波，不刻薄，不迷信——你知道，你的不是后面将是什么：善于思考的人知道——翅膀的捆绑，长期的追逐，经年不息的奴役，美好的专注，安静的分享，凝神的自由，退往后面的山林……

我记得那个年代

（2005 年 5 月—2012 年 12 月）

　　我清楚地记得那个普通年代里的很多事情，我并没想现在就去打扰它们，但落笔就已经开始了。它们舒展着，张开翅膀，奔跑起来，看着落在地上的影子，我写下自己曾经的生活——有点愚笨，还有点张扬的色彩掩盖着那个时期的虚弱。但，那是一个令人期待的年代。

　　时间和场景，我记得很清楚。2005 年 4 月，上午十点左右，我在办公室。邱华栋主编的电话。

　　"朝晖，你愿意来青年文学杂志社吗？"

　　"当然愿意。"

　　"你负责《青年文学》下半月刊，做编辑部主任。"

　　在李师东社长与邱华栋主编的帮助下，2005 年 5 月 6 日，我离开了湖南，坐上了开往北京的火车。

　　我在青年文学杂志社的第一个办公地，地铁柳芳站旁，浩鸿园小区。我在那里的时间很短。兄弟单位《青年文摘》发行量很大，需要腾出一些办公场地。几种发行不好的杂志，《青年文学》《农村青年》《青年心理》三个难兄难弟，就搬到三里屯的一个小院里，这也是中国青年出版社总社的房产。

下半月的编辑工作，李师东和邱华栋全部交给我们编辑室，他们希望下半月杂志把有潜力的青年作家们聚集在一起。他们也从不干预我的工作，只是问我有什么需要帮助的。

邱华栋知道我刚来北京，朋友不多，每周就带我出去几次，见各路朋友，也给我介绍了很多出版人。

我最早与《青年文学》的关系，是因为李师东社长。2000 年，我开始动笔，写自己在工厂里十年的生活经历。把写好的第一组散文投给《青年文学》，得到李师东社长的肯定，对于刚从诗歌创作转向非虚构散文写作的我来说，这是一个巨大的鼓励。不久，我的照片和介绍又上了杂志封二。后来，与我保持联系的是雪媛编辑，她是我的责编，为我发了一大组工厂散文作品。

从作者到编辑，这是我与《青年文学》的缘分。

李师东，20 世纪 80 年代复旦大学毕业后到的《青年文学》，就我对杂志的了解，李师东社长是守护《青年文学》时间最长的一位编辑和领导。他是杂志的守护者，从编辑到主编，到社长，他不希望杂志在自己手中解体，成为"没有"。他与各种朋友接触，希望解决社里提出的问题，希望杂志继续在中国文学的园林里，占据一席之地。最终，李师东请我全面负责杂志工作，与同事们一起共渡险关，过关求活。道路是艰难的，各种求助，包括向市场借道。

一天，我把 20 世纪 80 年代的《青年文学》杂志合订本带回家。

时间离我而去，但打开杂志，无畏的文字，就出现在面前，我呼吸和感觉到了。

邱华栋这位作家领导的管理，也很文学。他做事干脆，气势还很足，有事不推诿，在他手下的几年，很是畅快。一天，有位老同事误以为我做的事情会危及他的利益，就在外面的大办公室里，站在我面前，大声说话，人很暴躁。我看着他，不想说一个字，吵架是极其无聊的事情，我不愿意发生。在里面办公的邱华栋，没有半点犹豫地走出来，大声呵斥："是我要朝晖做的。"

风波瞬间平息。

也许只有这样直接地处理事情，他才有精力同时写出那么多的小说来。

李兰玉的工位是进门的第一张办公桌。她看稿子，喜欢把字换成一号字，从她后面走过，第一眼，看到的是她电脑屏幕上的几十个大字。我们同事之间的信任度、认同度都极高，李兰玉给出的稿件意见，几乎就是终审意见。郭爱婷的约稿、审稿意见也是很准确的，我完全相信她们。杂志社各种事务性工作都是于亚敏来完成。

人来人往，单位就是如此，很多老同事比我更早地离开了杂志社。

我想把同事的名字写在这里：老编辑老作家李师东、邱华栋、陈琨、雪媛、赵大河，到后面成为杂志砥柱的李兰玉、郭爱婷、邢娜，还有工作时间不长，但能力超强的省登宇、于亚敏、司婧，以及李秀芝、杨梅等等。每一个人的特长和优势，都不可替代地发挥出来，让杂志具备了真诚而和谐的文学气质。

2009 年 1 月，我对《青年文学》杂志进行了一些调整和改变。加厚一个印张，变成小 16 开、胶装，让杂志变得有点像图书，微调了阅读的形式感，但保持着杂志的大部分属性。

《青年文学》封面的标识，我和设计师经过不断选择，最后几乎是一毫米一毫米地调整中英文字体的大小、上下左右的布局，让其形成一个整体，我希望把杂志的标识做成一件雕塑作品：憨厚、真诚，灵动而充满活力，文气十足而又时尚。最终，我们几乎达到了我们想要的效果。设计师杨麒麟是我的老搭档，从我到北京，一直到现在，都是我主持的书刊的主要设计师。

《青年文学》之前是姜寻的设计团队负责。我总是忘不了，每月有那么两三天，晚上十点离开姜寻设计工作室，一个人走在天安门广场的情景。不久前，设计师姜寻去世。生命的无常，令人感慨。

杂志相当于一个庭院，蓬勃生长的是文学作品这棵大树。院子里的花草，就是杂志的插图和留白。我选取国外现代性很强的美术作品作为杂志的主要视觉，根据疏密、阅读节奏，安排插画内容，保持音乐般的阅读视觉审美，有些画面密不透气，有些画里只有两三根线条。让这些外国的图像艺术，与中国当代作家的文学作品一起，并行，两根线在脱离、配合中相互取悦、作用。对于排版，我有一个基本原则，文字不绕图片走，图像走图像的路，文字走文字的路。我喜欢给杂志版面某些地方留白，这是读者自由行走和休息的空间。

杂志的名字，准确地定位了杂志的方向。在我主持《青年文学》的几年里，尽可能多地发表青年作家们的稿件，好稿不容易约，就请他们写。颜歌，一直是我喜欢和看好的年轻作家。

她没有新作品。

我说："那请你写啊，我们来连载。"

当年，颜歌二十一岁。她想写《异兽志》。第一期，她写的是《悲伤兽》："悲伤兽不笑，但笑即不止，长笑至死方休，故名悲伤。"每个月，为了催稿件，我都与她通无数个电话，谈到的内容有她已经写了的兽，也谈她未来的兽需要做哪些小调整。从《青年文学》2005年8月开始连载第一篇，2006 年 10 月连载结束。凭这篇非凡的《异兽志》，颜歌也获得了 2006 年度"青年文学奖新人奖"。

还有顾湘。我记得与她的第一次见面。2005 年，她二十六岁，从俄罗斯回国后，在北京教书。我读过她很多文章，艺术纯粹。一个很小的聚会，四五个人，我怎么也回忆不起另外还有谁。我说起她论坛上的几篇小说，那时，谈论前卫和先锋这两个词，并不尴尬。我对她说："你的文字很精确地把你精神世界的影子，倒映在现实的荆棘之上，有些倒影成楼阁，有些成树林，还有些，成为你的猫。"顾湘喜欢猫，她不断地用文字和图像摹写、展现自己的猫。那天，她坐地铁回家的记忆，像她那篇写猫的小说，像电影的一个镜头，留在黑白的记忆隧道里。

第三天，顾湘应诺的作品，已经在编辑部传阅。那期的杂志封面作家是顾湘，在发表她的小说的同时，还刊载了她半个印张的关于猫的彩色画。

我从 1990 年编辑内部报纸，到后来成为正式出版物的主编，都有一批批作家在不同阶段，用很好的作品支持我。借这篇文章，我真诚地感谢每一位作家，我记得他们每一次的援助，记得每一位作家与我交往的故事。在作家们家里的拜访、在咖啡馆里的采访、在餐厅里的畅谈，以信札、固定电话、手机、MSN、QQ、电子邮件、微信交流，联系工具在不断改变，我与作家们的沟通一直畅通。

印刷厂送来杂志，编辑部就有了收获季到了的感觉。送货的工人提着一捆捆杂志快速地从院子外面冲进办公室，门帘响动，脚步急促。大家停下手中的活，把长方形的小仓库挪出空地来，于亚敏请工人把杂志放在指定位置。

我离开杂志社不到一年，于亚敏告诉我，新主编来了，把小仓库整理得特别整洁。

我在杂志社的七年，大部分时间办公地点在三里屯。雅秀服装市场旁的一条小巷，走进去一百多米，杂志社藏身于居民生活区，周围是不高的楼房，老小区，只有杂志社是平房小院。总社给我们做了简单的装修，外墙涂的蓝色，旁边种了花草，脚步和噪声被当街的门面过滤，是个安静的院子。

工作的几年，虽然有很焦躁的事，但我们大部分时间，像一年四季都有各种花开放的小庭院，阳光和微风，每天都会光临。

晚上加完班，关上院门，月光明亮得让我能看见掉在院子门口那枚把稿子和发稿签别在一起的回形针，泛着白色。洒满树丛的月光，让事物变得透明、清凉。

我们喜欢这平层小院，独立、方便，时刻与土地、花草、树木在一起。

我承担着社会活动和对外交际的功能。重压下，裂缝渐渐明显。但与同事之间的情感，却愈发浓烈。

我开始向往另一种工作和生活模式。

2012 年 12 月，我离开我最爱的《青年文学》。

一种无可奈何的工作压力，让我远离了自己的梦想。

总想起很多个晚上，我最后一个离开杂志社，关上小院的铁门，那咣当的声音，在夜晚，很清晰。灯光与月光，清凉地照着院子里的树。

曾经的同事，只有李师东和于亚敏继续留在杂志社。在我离开不久，李兰玉去了《人民文学》，郭爱婷去了十月文艺出版社，邢娜有了自己的事业，省登宇在作家出版社。

曾经的、我工作时的、现在的——《青年文学》的编辑们是出色的，我想念大家。

　　时间就是这样，来来回回地往前走着。沿途，我们会遗弃所有的东西，没有一件在再次拿出来的时候，还是原来的样子。

　　即使这样，我还是会带走所有的东西，不让一个人和一件事遗弃在路边，被时间收藏。我的文学写作，就是想打破那恒久的定律——带走时间里的事情，像宁静的杂志社小院，那清凌凌的月光，照见那一枚，把作者的稿件与编辑写的发稿签别在一起的发亮的回形针，让今天的我们看到。

照见背面（代后记）

《大益文学》：可以谈谈你最欣赏的作家和作品吗？你喜欢具有怎样特质的作品？

唐朝晖：我喜欢塞弗尔特和胡安·鲁尔福这样的作家。

晚年的塞弗尔特，以《世界美如斯》为题，用一篇篇短文，回忆起一件件事情：生活中某一个下雪的深夜，文艺界里他最喜欢的某一个人，诗歌在他内心流动的过程。塞弗尔特这位老人，在晚年的月光中，步入自己的后花园，慢慢地，弯腰捡起一片树叶、一根小的树枝、一片残了的花瓣，作家感受着植物与手形成的新的生命空间。整部作品，作家通过虫蚁般的文字，和谐地营造出——暗夜的月光，寂照在褪去了色彩的生命河流之上，他曾经的、现在的每一个动作，每一句话，都用沉默在叙说，一行行文字，安静地走向我，引着我：我们在沉默中热切地交流着。我只是一个倾听者，一个真诚的读者。塞弗尔特的安静，让我感受到了生命至高无上的真实。

还有一位大家都很熟悉的作家胡安·鲁尔福。我曾经有一种想法，给他的每一篇作品写一篇文章，我也尝试着写了一部分。胡安·鲁尔福在他的作品《佩德罗·巴拉莫》里，没有抹掉生和死之间那道墙，他只是让生死如左右手，自然地击掌为友，呼朋唤友，生死、过去、未来的所有沟通不存在任何问题，时间在这里不再是线条式的从昨天、今天，到明天。空间也不再是一个简单的容器。胡安·鲁尔福把新世界的线条切碎成不可见的微粒，撒出去，植物自然生发，河流自然流淌，那些困扰我们的存在、失去、获得、拥有、消失等诸多问题，都在悄无声息中烟消云散。新的关系就落在这片富足的土地上。他的作品让我感慨万千。

《大益文学》：您觉得作家是否需要一种使命感？好作家是否应该关注现实？

唐朝晖：作为正常的人，就当有使命感。每个人肩负的使命不一样。

至于现实，我们呼吸的、看到的、听到的，我们所站的位置，都在现实里。所以，无论我们是否关注，我们都在关注，只是，有些人在有意识地关注，有些人在无意识地关注，有些人以物的方式，有些人以精神的方式。

《大益文学》：《大益文学》强调细节的重要性，提到了当下小说，当然散文也是如此，都有细节匮乏的现象，你怎么看待这种现象？

唐朝晖：细节是所有艺术所不能丧失的，有些人用精微细致来制造细节，有些人用飞白、留白来体现细节，有些人在奔跑，或在枯坐中表现细节。作品是由一点点的细节构成的。

《大益文学》：在你的写作中，怎样做到铺开细节又规避琐碎冗杂？

唐朝晖：听契诃夫的规劝，不断地精炼，不断地浓缩，尽量短，尽量短。

《大益文学》：在写作中，经验、想象力、语言三者不可或缺。对您而言，您觉得在写作中，最重要的是哪一个部分？

唐朝晖：最良好的写作状态是一种综合的才能，是一种天赋。至于我，是一个后知后觉的人，太晚熟。我尽量让自己不至于随流随潮而走上劳苦大众的对立面。

《大益文学》：《等一个人》标题里就突出了"等"这么一种状态，你是如何理解这种状态的？

唐朝晖：我的这个"等"，其实是"等"的一种背叛。我在不断的寻找中"等"，在不断的行动中来"等"。我的行动，一种是因为自己知识、常识的匮乏，而在补课。另一种行动，是因为自己曾经的麻木不仁，到现在，我不得不到处寻师访友，在富足的现实中感受生活中的每一个活生生的人。

《大益文学》：曾经在杂志社的工作对你的写作有何帮助？

唐朝晖：认识了很多全国老中青年的作家，虽然我们很少见面，很少联系，有些甚至是没有了联系，但认识了他们，再看其作品，感受就不一样。

《大益文学》：接下来有什么创作打算？

唐朝晖：我正在写作一部新的作品，采访、学习了六年，现在还没完成。我不希望重复自己和别人，我希望尽可能地写出点新的东西来，即使、哪怕是一点点的新。我希望自己成为学者型、记者型的作家。